无论爱或毁灭/我要我们在一起
因为你曾说过这份感情叫

Pluto◎著

中国画报出版社
CHINA PICTORIAL PUBLISHING HOUSE

图书在版编目(CIP)数据

不离/Pluto 著.—北京:中国画报出版社,2008.4
ISBN 978-7-80220-278-8

Ⅰ.不… Ⅱ.P… Ⅲ.短篇小说—作品集—中国—当代
Ⅳ.I247.7

中国版本图书馆 CIP 数据核字(2008)第 052432 号

作　　者:Pluto
特约编辑:一　草　卢　鱼
装帧设计:张丽娜
版式设计:李　洁

不离
出 版 人:田　辉
责任编辑:杨　博
出版发行:中国画报出版社
（中国北京市海淀区车公庄西路 33 号,邮编:100044）
电　　话:88417359(总编室)、68469781(发行部)
印　　刷:北京市天竺颖华印刷厂
监　　印:敖　晔
经　　销:新华书店
开　　本:787×1092　1/32
印　　张:9
版　　次:2008 年 6 月第 1 版第一次印刷
书　　号:ISBN 978-7-80220-278-8
定　　价:22.80 元

Contents 目录

不　离

记住爱，记住时光

那时。我第一次意识到。
在爱情面前。
友情是那样苍白。

Chapter A：苏郁

我的名字叫苏郁。我是一个女孩。我的家很小。

家中只有我和母亲。母亲脾气暴虐。我从未见过父亲。

六岁之前我没有朋友。六岁之后我认识了男孩陆淮。

认识陆淮是在他们搬到我家楼上第三个月的一个夜晚。一个陌生男孩敲开我家的门，轻声对我说，你好，你们家这个月的水电费是五十块八毛。

走道里没有灯，我家的灯光昏弱。我在昏暗之中看到他的脸。非常清瘦，下巴尖尖的，皮肤苍白，紧绷的小脸紧张得没有一丝笑容。

我对他说，请你稍等一下。

皱皱巴巴的一把钱递给他。他小心翼翼地接过放入挂在右胳膊的塑料袋中。刚欲走，却又慢慢转过身来，怯生生地问道，喂，你明天愿意和我一起出去画画吗？

时至今日，我已忘记了当时究竟是怎样答应他的，但第二天清晨我终归是

与他一起外出了。他带我去到教堂门口，择一处树荫坐下，将随身携带的画板撑在两腿中间，从背包中取出炭笔。那天他穿了一件蓝白相间的海军衫，黑色短裤，一双纯白色的棒球鞋。他的腿很细长，胳膊亦是，从小臂向上的部分突然地瘦下去，像一根变了形的树枝。

画完之后他一只手拿起可乐，另一只手将画稿递给我。我叫陆淮。他说。

我说，哦。

他说，那你叫什么。

我说，苏郁。

便是这样成为的朋友。那时他七岁，我六岁。那是没有足够能力思考任何深刻事情的年龄。

也是很久之后他才告诉我，那天晚上他之所以突然对我说出那句话，仅仅因为他想拥有一个朋友。

后来得知，他竟与我就读于同一所小学，只是高我一级。

每天下午他都会在我们班门口徘徊，等待我下课。他背着一个小小的黑色单肩书包，伏在额前的刘海儿令他像一只温顺乖巧的小猫。我们班下课之后他立正站在门旁，见到老师出来便毕恭毕敬地九十度鞠躬，说，老师好。

几乎全校的老师都喜欢这个名叫陆淮的男孩子。因为他漂亮，优秀，干净，懂事。

不认识陆淮以前，放学之后我只是背着书包在街上游魂一般飘来晃去。认识陆淮之后，我放了学便日日去他家做功课。

我与他分别坐在书桌的两端。他做完功课便跳下椅子来到我跟前，静静看我，似老师一般。有时，我遇到不会的题目，他便站着俯身为我详细地解出，全部作业完成之后，再出几道类似的题目要我做。他额前的刘海儿总会飘落下来遮住眉眼，我看不清他的眼神。

每当这时我都会想，他是多么善良而美好的小小少年。

童年时的一些片段如今想起都是细碎而幸福的。断断续续的镜头，斑斑驳驳的质感。

陆淮从未问起我的家庭，事实上他早已从他父母或者其他邻居口中得知了

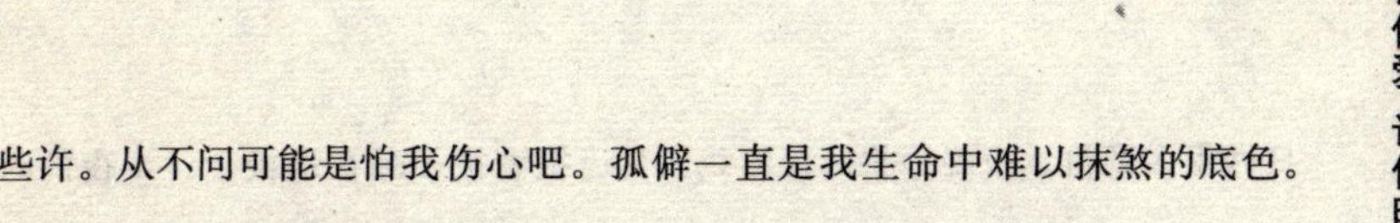

些许。从不问可能是怕我伤心吧。孤僻一直是我生命中难以抹煞的底色。上小学开始，我在班上就不与任何同学说话，回家亦是沉默。

长大之后我常想，倘若不是陆淮的出现，我的语言功能或许会逐渐退化，直至丧失。

他时常邀我去楼下院内荡秋千。他要我坐上去，然后将秋千荡得很高。待我忍不住失声尖叫，他再稳稳地抓住绳索将我放下来，脸上有略显调皮的笑容。

一个周末，他带我去教堂做礼拜。听那个穿黑色衣服的慈爱的牧师优雅地布道，之后和着唱诗班吟唱赞美诗。那是我第一次近距离地感受它们。我不会唱，只是觉得美。陆淮却唱得极好。他的声线清澈忧伤。那时我想，他或许是上帝派到我身边的天使。

自此，每到周末，我便喜欢伏在窗台上，静静地听。从教堂虚掩的门中传出的赞美诗像是长出了翅膀，萦绕在钟楼顶端，萦绕在十字架周围。每当那时，我都感觉置身于天空之城，大片大片的云朵奶油一般黏稠，令我暂时忘却一切烦愁。

我时常在母亲出差的时候去陆淮家。那时他正面临小学升初中的考试，每日做很多题目。夜晚他将床让给我，自己抱着被子睡在地板上。半夜的时候会起身轻声问道，苏郁，你冷不冷。

有时，在半睡半醒之间，我甚至能够感到他来到我床边为我轻轻掖起被角。

是这样温暖的默片。

小学毕业，陆淮以全市第一的成绩考入重点中学。一年之后，我的成绩刚刚达到这所学校的录取分数线，也顺利考入。

那一年夏天，红色的凤凰花开得很绚烂，整座城市像火焰一般明艳。他在学校门口等着我。

眼前这穿了白色T恤的少年，眼睛微微眯起，满面笑容，已经有了几分男人的骨架，可仍是单薄。见到他，我似有许多话要说，话到嘴边却又忘记了大半。

初中的大多数中午，我们会一起在KFC吃饭。他通常会买两份套餐，之后习惯性地坐到我的对面，边吃汉堡边与我说话。我极喜欢不蘸番茄酱吃薯条，有时甚至只吃薯条。陆淮知道我的习惯，所以从来不碰自己的那份，待

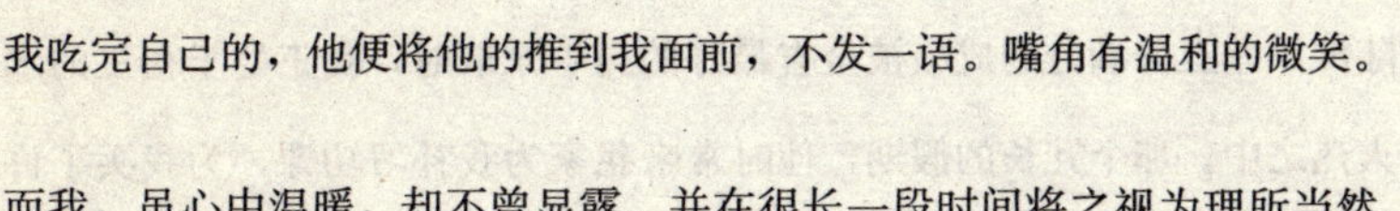

我吃完自己的，他便将他的推到我面前，不发一语。嘴角有温和的微笑。

而我，虽心中温暖，却不曾显露。并在很长一段时间将之视为理所当然。

他在学校仍是成绩优秀、深受老师喜爱的翩然少年。面容英俊，难免受女生青睐，更有人在与他擦肩而过时故意碰掉他手中的书。然而，他所做的，一直是平等地帮助身边任何需要帮助的人。言辞温和，因此人缘极佳。

初中学生的思想大多日渐成熟，经常无端猜测两个或许本是毫不相干的人之间的关系。于是我与陆淮在学校已很少说话，见面之后甚至连招呼都不打，只是低头而过。可我一直笃定地相信，这么多年我们之间一直是有默契存在。如同他没有恋爱，我亦没有。

深夜我坐在桌前温书，他时常会打电话过来。直到他母亲温和地提醒，才与我互道晚安，然后挂掉电话。

他对我说，苏郁，你知道吗，你是这么多年来第一个可以被我称为朋友的人。

我说，我知道。因为，你也是我唯一的朋友。

当陆淮以差五分满分的成绩被全省最好的高中录取时，我正处于初三的水深火热之中。那个冗长的假期，他时常来我家为我补习功课，为我买了许多习题，要求我在一定时间内完成。

他对我说，苏郁，时间不多了，你要努力，这样我们才能一直在一起念书，知道吗。

然而，中考之前我竟不争气地呕吐不止，最终以几分之差与那所学校失之交臂。

我对母亲说，我要去陆淮的高中，我要去，我必须去。否则我便退学。

事实上，我只是想要与他一起，自小学、初中，一直到高中，大学。我们彼此见证对方的成长，待成年之后回首曾经的岁月，定然无比美好温暖。

后来，母亲如了我的愿。但前提条件是，我必须在入校的第一次考试中拿到年级前五的成绩。

我知道这是不可能的事情。但为了能与陆淮共同走过人生的每一段旅程，还是应了下来。

进入新班级的第一天我便知道了那个叫陈远的女孩。入校时年级第一，风光无限。然而当我有意装作漫不经心地将目光移至她的座位时，却看到了这样一双眼睛：并不冷漠，甚至含着些许温暖，然而却似一只终日奔跑于林间的鹿般不受拘束。那一瞬间，一个大胆的黑色想法在辉煌的夕阳里如花朵般绽放了。

那个下午，我在操场上找到了陈远。为了引起她的注意，我甚至强迫自己克服对陌生人的恐惧，走到她身旁坐下，装作若无其事地摘下她一只耳机，对她说，我叫苏郁，与你同班。

我对她说，听说你的成绩很好，下周的期中考试你要多帮忙哦。

她摘下另一只耳机注视了我很久很久，之后说，好。

后来我才知道，当时她正在听的曲子叫《幽灵》。

那是一次很不成功的作弊。我低估了这所重点高中老师的能力。我和陈远双双被擒，并且被取消了接下去所有科目考试的资格。

我和陈远当天就被送进了教导处。我们站在教导主任面前听这个皮肤松弛的老男人喋喋不休。陈远的情绪一直低落，作为一个好学生，她何时受过老师这般的训斥。我兀自想些自己的事情。倘若陆淮得知我作弊一定会很失望。我的眼睛酸胀不已，几欲落泪。

不知过了多久，教导主任挥了挥手对我们说，走吧，你们。

从教导处出来，我故意走在陈远的前面，不断地抬头仰望天空，不让已在眼眶中蓄势待发的泪水滚落。陈远却立刻就蹲在地上哭了。

听到她的哭声，我从口袋里掏出一包纸巾，取出一张，转身走到她的面前对她说，喂，你不要哭了吧。

她抬起头看着我，眼睛被泪水冲刷之后显得异常清澈。我看着她，这因我而受了委屈的女孩，心中不忍。于是重复道，陈远，你不要哭了。

周一的晨会，我们站在全校师生的面前听教导主任宣布对我们的处分。我知道陆淮也站在下面，始终不敢抬起头。我怕他投我以失望的目光。

散会之后，我走上前递给陈远一张纸巾。我说，许多事情就是这么不完美，可是我们却应该……

她擦掉了眼角渗出的泪水。

我渴盼能够接到陆淮的电话。我渴盼电话那端的他能够用温暖的声音将我内心沮丧的冰块融化。我渴盼他能够轻声告诉我其实这一切都无关紧要他并不介意。

可是没有。

那一日我彻夜未眠。我记得自己用黑色的记号笔在雪白的墙上默写了许多诗歌。

神啊/请把天堂的大门打开/请让我从大雾飘过的墓地中出来/而风吹着/幸福停在了黑夜/蔷薇花绕着石碑疯狂生长/上游漂来的纸船/在我的眼里沉默/我只好折断羽翼/刺瞎双眼/走上追赶幸福的不归之路/而我的墓穴/将无辜地空到黎明。

家长会结束时下起了雨。母亲的脸色似天空一般阴沉，吃晚饭的时候亦不说一句话。那餐饭我吃得小心翼翼。饭后我照例端起所有的盘碗去厨房刷洗，母亲突然抬起脚狠狠地踹在我身上——她的愤怒终于爆发了。

她的双目中流露着无限怨恨。她说，你为什么就这么不争气。

尚不等我回答，她又一巴掌扇在我脸上。她咬牙切齿地说，你这是跟谁学会的作弊？你说啊?!

我仍是沉默。

本以为沉默会换来暂时的息事宁人，却不曾料想会换来接下来的拳打脚踢。我跪在地上，任由她手中的皮带雨点一般落在我的身上。我极力地忍着，却也不护着身体，只是跪着，一动不动地跪着。我的皮肤似在燃烧，灼热而激烈的火炙烤着我的周身。

求求你，不要打了。求求你。

不知为何，逃出家门的那一刻我脑海中首先浮现的并非陆淮，而是陈远。那一夜我去了陈远家，并告诉了她我与陆淮的事。我告诉她，在我的成长岁月中，朋友像是濒临灭绝的动物，而陆淮，是我唯一的朋友。

我注视着她的眼睛。她的眼睛闪闪发光。陈远是否能够成为我真正的朋友，像陆淮一样与我有着纯洁的友谊？我不知道。只是突然预感到凭借某种不正当手段而建立起的友情不会长久。而那夜的倾诉不知是否会在很多年之后被当作彼此嘲笑威胁的把柄，抑或羞耻。

从那时起，我再也没对陈远提起陆淮，也从未在陆淮面前提起陈远。我以为只要这样便可以将所有的事情隐藏得天衣无缝。

然而几个月之后我便发现，事实并非如此。

天空中的飞鸟与时光一同飞向北纬三十度。

期末考试之后一个星期我们拿到了成绩。陈远是高一年级第一，洗刷了期中考试的耻辱。而陆淮，仍是高二年级第一。

恰逢学生会改选，十七岁的陆淮顺利当选学生会主席。

而陈远，也因为成绩优异而进入了学生会。

之后……他们恋爱了。

陆淮恋爱之后并不曾像小说里写得那样夜不归宿，学业荒废。相反，他依旧是端然努力的少年。只是我们在对方心中保持了十年的唯一，终于因陈远的出现而变得无法挽回。

陆淮仍会在某些难以成眠的深夜打电话给我，说些温暖而平和的话。每每那时我定然想起童年时代洁净悱恻伴有钢琴声的旧时光，时常手握电话一言不发。一切都在悄然发生着变化，我又有何理由日日与他一起。所谓的彼此见证彼此的成长，如今看来只是年少时的妄想。

我生日那夜他打电话给我。我仍是静静地听。突然他说，苏郁，看着窗外深蓝的天空，我一下子想起童年时你时常到我家来住。有时半夜我起身为你掖被角，你的眉头皱得那么紧。那时我总会很忧心。

他说，那天晨会之后我一整天都想安慰你，可我怕你会感到难堪，所以什么也没说。

我问他，陆淮，我们仍是像以前一样的朋友么？

他说，当然。

我又问，朋友和女朋友是可以作比的么？

电话那端是长久的沉默，以及沉默。窗外落下片片枯叶。陆淮似是故意打了个呵欠，对我说，很晚了苏郁，睡吧。说完便挂断了电话。

陆淮再也不曾与我一同去 KFC 吃饭。最初我独自一人也不觉得有什么不妥。时间久了，便觉得独自吃饭极其寂寞。中午顶着明晃晃的烈日走在路上，甚至连头都不敢回，生怕一回头便与寂寞不期而遇。

陈远总是在快要午休的时候才跑回教室。阳光映着她的脸，让她看上去像一只被晒暖的贝壳。

陆淮每天中午都会在学校门口第三棵梧桐树下等她，他沉默的背影就像另一棵在此扎根多年的树。

他们并肩而行，待走出学校一段距离之后，手便自然而然地交叠在一起，似两株水草。

自那以后，夜晚再也没有了陆淮的电话。仿佛也仅能从陈远脸上的甜蜜中得知他尚未失踪。

那段日子，我绝望地想，我与陆淮之间的友情已经结束了——完完全全地结束了。我本应为这份友情夜夜高歌，可我偏偏不愿意啊。我不愿意。

我日日所想皆是少年旧事。他站在夕阳之中安静地等待着我。为我辅导功课。夜晚为我掖起被角。将自己的那份薯条推到我的面前。他对我说，苏郁，你知道吗，你是这么多年来唯一可以被我称为朋友的人。

是的。唯一。我仅仅是手握这两个字不愿松开，却不曾料想身边的一切都已改变。

接到陆淮短信的时候我正在上令人昏昏欲睡的生物课。我伏在桌上眼睛直直地盯着手机，心中分明在期许什么。手机屏幕突然亮起，我以最快的速度打开信息，上面只有短短一行字，却让我哽咽：

中午我们一起去 KFC 吧。

是陆淮。

我与陆淮面对面坐着，仍旧是两份套餐。他大口大口地咬着手里的汉堡，我低着头专心致志一根一根地吃纸盒里的薯条。谁也没有说话，一直沉默。我已许久不曾见到陆淮，现在来看，他似乎又锐气了不少。

吃完自己的那份薯条，我习惯性地去拿他的那份。不料他竟将薯条移开，抱歉而客气地对我笑了笑，苏郁，陈远和你一样喜欢吃薯条……

我愣了两秒，抬起头看着既熟悉又陌生的脸。心渐渐下沉。

他的手机在此时响起。他看了一眼，然后抓起薯条对我说，对不起苏郁，陈远有事约我，我先走了，再见。

他离开之后，我久久地坐在原地，拿起汉堡狠狠地咬下一口，眼泪涌出来。

陆淮。陆淮。我诚然已不再是他唯一的朋友，他也不再是那个对我无限温柔宽容的少年。那时，我第一次意识到，在爱情面前，友情是那么苍白。

陈远仿佛是倾尽了所有去爱陆淮。她告诉我，在此之前她不曾爱上任何一个男生。说这话时，她的表情是小女孩般的娇羞，脸颊盛开着粉色。我不知道她为何愿意将这一切告之于我，是因为迫切地想倾诉心中的幸福，抑或想令我因她的幸福而妒嫉？

比如——陈远会说：

苏郁，陆淮昨天晚上又送我回家了。

苏郁，陆淮昨天晚上又打电话给我了，他唱歌给我。他对我说如果你听够了就说一声。可是我听着听着竟然睡着了。待到醒来已是凌晨两点，他仍是在那边唱着。

苏郁，陆淮说他很爱我。

我看着她，说，哦。

陈远看了我一眼，脸上露出难以捉摸的笑容，苏郁，过几天就是陆淮的生日了，你给他准备什么礼物了吗？

我说，没有。

她昂着脸骄傲地说，我这个星期要去给他买礼物哦——你要和我一起么？

我点了点头说，好，刚好我也要……也要送他礼物。

刚说罢陈远便将手里的签字笔狠狠地扔到地上，我诧异地看着她。

她继而却说，哦，没什么，没什么。

我和陈远各自为陆淮挑选了一份生日礼物。我对陈远说，你帮我给他吧，代我祝他生日快乐。

陈远说，好。

那天之后，我仍没有接到过陆淮的电话。或许陈远根本没有把礼物给他。又或许，诸多事情在他的脑海中果真随时间的推移远去了。

那晚，我在屋里独自面对那面写满诗歌的墙，为这奄奄一息的友情落下泪。

陆淮生日之后的某一天，陈远来找我，将一本书恶狠狠地砸到我桌上，直截了当地说，苏郁，请你与陆淮保持距离。

我平静地喝了一口水，不解地望着她。

她盯着我的眼睛，一字一顿地说，因，为，我，不，喜，欢！

我亦盯着她的眼睛，之后笑了，你是以陆淮女朋友的姿态跟我说话么？我将脸凑近她，我和陆淮认识的时候你又在哪儿呢？

她的脸渐渐变红。她说，请你弄清楚，陆淮的女朋友是我，不是你。

我悻然离去，留下陈远一人。

那一夜我在家里喝酒，在墙上写诗，昏昏欲睡之际回想起和陆淮自六岁以来的点点滴滴，落泪。耳边一个低沉的声音不断地说，有些回忆已打上补丁，奈之为何。不知究竟睡了多久。我仿佛预感自己的生命之河即将穿越漫无止境的寒冷与孤独。

几天之后，陈远将一封信扔到我桌上。我疑惑地抬头看她。她像是忘记了之前所有的不快，苏郁，你的信，好像是男生哦。

我说，是吗？

拆开信，一张淡蓝色的信纸温柔地落下，落在我用圆珠笔写满字的木桌上。

那个叫IM的男生就是在那时出现的：

苏郁：

这座北方城市近几日一直阳光普照，我时常在中午做题的时候因阳光的慵懒而沉沉入睡。醒来之后转过脸随便看些什么。同桌女生的头发柔软地散落下来，成为侧脸的背景。她们的脸是精细的，能够看清细小的血管。她们的耳朵闪闪发光，像是在夏日海滩上躺了整整一天的被阳光晒暖的贝壳。

今天我捧着一本从图书馆借出的现代诗歌集在校园中缓缓行走，之后我看到了你。你站在一棵已没了花朵的樱花树下，仰着脸似在观望些什么。那一瞬间，我记忆深处紧锁的门仿佛被飞鸟叩开。我没由来地因你的姿态而回忆起诸多往事。

并不期待你的回信，只是想要告诉你这一切。

若你回信，请将信交给陈远。

IM

4月13日下午

纵然与陈远不和，但文笔细腻如女孩的男生往往是让人心生愉悦的。于是我回了一封信，托陈远带给他。

很快又收到了他的第二封信。

苏郁：

陈远将信转交给我的时候我简直惊喜得说不出话来。因为自那封信写完，我便不曾奢望渺小的它能够引起你的注意。

你说你平时也念现代诗歌。我最喜欢的诗人是顾城。他生活在自己编织的美妙童话之中，然而一切的一切，到头来都是一场空。

写到这儿，我分明心中伤感，却不知原因何在。或许人生在世，能够被人所了解，真的是件太难的事情了。

愿你安好。

IM

4 月 17 日夜

他写来的静静的文字，通过陈远呈现在我面前。纵然我对陈远已是无限厌恶，但渐渐地我却开始期待那些通过她的手而递给我的信件。

IM 的字是整饬而锐利的，蓝色的信纸上是令人舒服的干净语辞，有时还会散发出淡淡的花香，似阳光下的大海一般温柔缱绻。

那段时间我们写了非常多的信。虽然未曾谋面，但我知道他是这所学校中的男孩，他会在不经意的瞬间用那双寂寞的眼睛静静地注视着我。

有一次，我在信中对他说，IM，让我见见你吧。

我将这句话写了很多遍，用黑色中性笔一笔一划地写。

他回信给我。我仿佛能看到他消瘦的脸上无限温暖的笑容。他说，现在我不能让你见到我，因为我珍惜与你之间的情谊。

我将 IM 给我的所有信件收捡于一个蓝色天鹅绒盒子中，连同对他美好的遐想一并收好，未曾与任何人分享。

那段时间我沉浸于幸福。因陆淮与陈远的爱恋所带来的伤也渐渐模糊了。

在第四十三封信中我无比郑重直白地写道，IM，我想我可能爱上了你。

信送出，很长一段时间杳无音信。

等待总是无比漫长。我日日伏在窗台上想些心事，想着想着就会想起 IM，心中划过丝丝尖锐的疼。陈远总会在这时出现，用一种漫不经心却又无比温柔的语调对我说，苏郁，他会给你回信，一定会的。

IM 的信是在我等待得已近乎绝望的某一个下午到来的。那一刻我抬起头看了看窗外瓦蓝的天空，阳光刺目，云朵厚重，陈远脸上的表情难以捉摸。而我的心，却像是被浓墨重重地涂抹，无声无息地沉入黑夜。

苏郁：

最近无事，除却每日必须的打针吃药，我将大部分时间用于读书。一个很偶然的机会我读到了小引的诗，他真是个天才。我想要将他的诗全部摘抄下来，却苦于乏力，于是作罢。

上面的话是一周之前写给你的。事实上，现如今我日日昏睡。我体内健康的细胞正在被病魔一点点吞噬，我不知自己还能撑多久。

此刻，窗外已是温馨的夜。我将你的信取出看了许多遍。我不知该如何告诉你我多么想你。

是的，我想念你，并且记挂着你。我曾以为这是一厢情愿的幻念。可是，当我看到那句“我想我可能爱上了你”时，一切因胡思乱想而产生的痛苦全然消失。只是我却不能将幸福双手捧至你的面前。你未来的爱情，无论何其丰盛美好，定然与我无关。

纵然如此，我仍要恬不知耻地对你说，我也爱你。

这是我给你的最后一封信，苏郁。自从入院之后，我的梦中每日都会出现一个穿黑色长袍的人，他说，时间将至，你该离开。

IM

6月3日

他写这些字的时候手定然在颤抖，却仍是努力写出锐利而整饬的字体。我双手捂面不能自已。

刚刚燃起的爱情最终却因死亡的胁迫无疾而终。人究竟是多么渺小而卑微的生物啊，一切的幸福皆要建立在生的前提之下。

一个星期之后，陈远满面哀伤地告诉我，IM，已经离开。

那些日子我不再与任何人联系，心中所想皆是IM。

有时会在梦中与他相见。梦里的我站在走廊之中，光线暗淡，尽头却有天光不断飘落，在地面上铺展出一道道痕。我低着头，他一步步朝我走来。天使的妆容，柔暖的微笑。我向他伸出手，他却突然消失不见……

梦醒时我总会失声叫他的名字，与此同时一股力量在不断迫使泪水逼近警戒线，然后疾速漫过。眼泪总是在这时候滴落洁白的枕头。

陈远在我十八岁生日的时候送给我一张专辑，其中有一首曲子叫做《幽灵》。她认真地对我说，陈远，你一定要认真听，一定要认真听。

我抬头看了看她，说，好。

夜晚我将那首曲子拷到电脑上。关掉除了显示屏以外一切可以发光的东西，坐在地板上，伸直双腿，双臂自然垂下。听完之后我的双腿已蜷缩成寂寞的姿态，我的手臂紧紧抱住膝盖，我的牙齿在手臂上留下深深的痕迹。

还有眼泪。我的眼泪，以及窗外如泪的月光。

起身回到电脑桌前，映着月光写下一些记忆的碎片：

你可曾听到过海水在夜里涨潮的声音，IM?

你可曾知道每当一个男孩听到海水涨潮的声音，就代表着在这个世界上有一个女孩正在默默地想念着他，IM?

你离开之后我开始听一首名叫《幽灵》的曲子。每当距离乐曲结束还有三分四十六秒的时候总会有一个男人的声音像水中的鱼吐出的气泡一样缓缓地散落在空气之中。他说，他们已经不在了，这个世界，我很想念他们。

每当听到这句话我都会泪流不止，它仿佛是我心底的一个疮疤。一切的一切，仅仅是由于想念你而形成的惯性。

你在天堂还好么，IM? 我很想念你。

陆淮很快毕业了，以优异的成绩进入了上海那所赫赫有名的大学。

我本以为我与他之间再不会有任何故事，所谓永恒不变的友情，我已不再期许。

可是，就在那个知了叫得绵长的暑假的某一日，他出现在我家门外。白色的 T 恤，头发软软地盖过额头，眼睛像阳光一样明亮，肩上背着一只大大的包。

看到我之后，他微笑，苏郁，我给你复习功课吧。

我看了他一眼，默默转身进屋。他尾随进来，不知是否看到我抬手拭泪的动作。

高三开学之后，陈远被父母送去借读。

所谓成长，所谓告别，想来便是如此疾速的一件事情，如风吹过稻田，天空颤抖微微泛寒，晚霞连接，像梦般深沉无边。

高三的时候我仍是想念 IM 的。做题疲倦的时候会把他曾经写给我的信翻出来，一目十行地念下去。

陆淮时常打电话给我，他说，苏郁，你一定要努力熬过这一年，我在上海等你。

我在这边说，好，好。手用力地抓着话筒，指关节微微发白。

夜晚的时光似少年时代一般洁净悱恻，又如光滑的绸缎一般精细柔软。

逐渐地，我发现，时光会将一切悲伤冲刷干净，只留下丰沛的爱，以及美好的回忆。

高三毕业我考入了陆淮所在的大学。而陈远，据说去了北方，自此没了音讯。

入学那日我重新见到陆淮。他到学校门口笑着接过我的背包放在自己的肩上，之后对我说，走，我们去 KFC。

仍是如几年前一样，一人一份套餐。我还没有吃完，他就将他的薯条推到我面前，之后又起身去买了一份，全部放在我面前。

他说，苏郁，我发现转了一圈，回过头来还是和你最好。

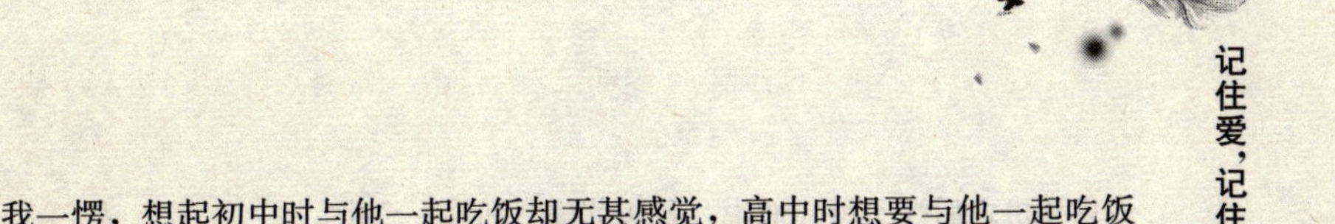

我一愣，想起初中时与他一起吃饭却无甚感觉，高中时想要与他一起吃饭而求之不得，现在居然重新回归原点。我说，陆淮，我现在突然想起陈远曾经对我说过的一句话，当时我只觉得那话矫情，现在想来，概莫如是。

陆淮也一愣，试探着问，是什么话？

我说，陈远曾经说，和陆淮在一起，哪怕是一起吃一顿饭，都感觉很幸福。

陆淮听罢，垂下眼帘，叹了口气，我与陈远，自我毕业之后不久便分手了。

ChapterB：**陈远**

我和苏郁相识于高一上半学期中旬。那时她刚从外校转到我们班，自我介绍极其简单，并没有引起我丝毫注意。

那是一个花粉碎屑不断膨胀的春末夏初的温暖午后。阳光暖金，树叶翠绿，光落在叶上便成为了熠熠生辉的柠檬黄。我独自坐在操场旁的台阶上，插着耳塞听些旋律舒缓的曲子。操场上打篮球的男孩身影从我的角度看去因逆光而模糊不清。天空湛蓝。一个女孩走到我身边坐下，取下我的一只耳机之后漫不经心地说，我叫苏郁，和你一个班。

我转过头看了看她。她的校服外面套了一件灰蓝色的厚格子衬衣，双目冷淡，说完那句话之后很久未发一语，面无表情。

是时耳边响起的是《幽灵》，纯音乐。瑶族舞曲改编的悼亡曲，混入了重金属元素，吉他和鼓。它的作者，那个叫何勇的惊世骇俗的天才曾在几年之前因纵火烧了自家的房屋而被送入精神病院。每当距离乐曲结束还有三分四十六秒的时候何勇的声音总是像流水一般蔓延开来，他说，他们已经不在了，这个世界，我很想念他们。

也不知过了多久，苏郁转过脸对我说，听说你的成绩很好，那下周的期中考试就全靠你了哦。

听到这句话，一直沉默的我突然把头转向她。她的双眼冷漠明亮，似悬挂在夜空的星辰，淌出一条蜿蜒曲折的河流。我的眼睛因她的目光而疲倦地痛，心中自幼一直坚守的关于好学生的准则竟在那一刹那突然绝断，溃散成灰。苏郁冲我笑。她的笑容拘谨，略显僵硬。

第一天考数学。我提前半个小时答完题之后便将早已准备好的用以作弊的纸铺在桌面上，将答案飞快地抄写下来。掌心不断渗出汗水，内心忐忑不安。苏郁一直懒懒地伏在前面的桌子上，灰蓝色的格子外套随着呼吸略有起伏，安定自若。十分钟后，我终于将答案抄完，松了一口气，悄悄戳了戳她。她迅速接过纸条，刚欲回转身，监考老师已走到了我们中间。他从苏郁手中一把抽出小抄，厉声问道，是谁给你的，快说！

答题的刷刷声刹那间消失，所有的目光都投向我们。苏郁重新伏在桌面上，又留给我一个落单沉默的背影。我感到监考老师锐利如鹰的目光死死地盯着我，于是不敢抬头。就这样僵持了两分钟之后，监考老师的声音重新迸裂在空气中，别浪费时间，快说！

如芒在背，脸颊滚烫。终于，我用细若蚊蝇的声音嗫嚅着说，是我……

那一次，我和苏郁的卷子被双双判为零分，并被取消了接下来所有科目考试的资格。

从教导处出来，苏郁仍是漫不经心地走着，偶尔仰起脸，或许是在看天空中不断变幻的光线。我低垂着头，双手扯住衣角，食指不停地环绕，大脑昏昏沉沉地疼，像是嵌入了一团团乌黑的云，遮住了所有事关美好和温暖的回忆。唯一能够记得的，便是教导主任对我说的那番话。

他说，陈远，我一直觉得你是个品学兼优的学生，没想到你竟会做出这种事情。

他说，陈远，你很让我失望。

那些短暂消失的关于好学生的准则一起涌上来，急促而狂热地盘踞了我内心最为敏感的触点。

我以一个老师眼中曾经的好学生的身份哭泣，哀悼本应在很长一段时间仍旧属于我而现在却过早离我而去的信任。风仿佛要把所有的嘲笑与戏谑吹来给我听，并会一直这样吹下去。

下一刻，我蹲下身，双手插入头发，在几乎可以将大地炙烤出油的阳光下小声抽泣。

嗨，你不要哭了吧。

重新抬起头。夹杂着阳光碎屑，视网膜上清晰地映出苏郁冷淡的面容。或许是我的错觉，她的眼睛亦红红的。她说，陈远，你不要哭了。

周一晨会时我与苏郁站在主席台上，面对全校师生，强迫自己听着学校的

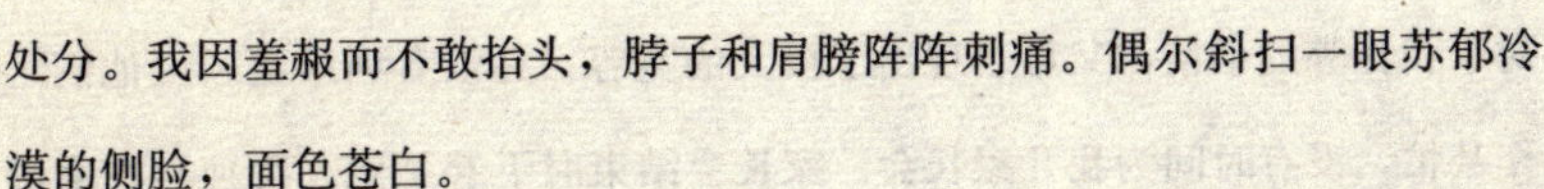

处分。我因羞赧而不敢抬头，脖子和肩膀阵阵刺痛。偶尔斜扫一眼苏郁冷漠的侧脸，面色苍白。

散会之后，她走过来递给我一张纸巾。她说，陈远，许多事情就是这么不完美，可是我们却应该……

我用纸巾擦掉眼角的泪水。

跨越五年的光阴，如今已十八岁的我想起时年十三岁的苏郁说过的话，心中仍颇感安慰。对于那件事，苏郁自始至终都未曾对我说过一次对不起，仿佛那一切的发生都如她所料，抑或，她只是如一个操控者般肃穆地观望。而我，亦不曾怨恨过她分毫，回头看去仿佛都是自己应遭的劫。

我和苏郁因这件事成为了朋友，纵然我们都不知因这次作弊而建立起来的友情到底能够坚持多久。

于我而言，苏郁是个谜一样的女孩。功课平平，对老师傲慢，不与除我之外的任何同学交谈。事实上，即使和我在一起她亦是极少言语。我们时常靠在一起听些或舒缓或激烈的曲子，半天不说一句话。她习惯间或用右手的食指触碰自己的锁骨，之后对我笑一笑。

对于我作弊的事情，父母表现出了极大的宽容，并没有训斥我。可他们工作甚忙，没有时间为我开家长会。家长会结束时下起了雨。我独自在家温习功课，手边的电话突然响起。竟然是苏郁。她的声音听上去非常低沉，她说，陈远，我想去找你。说完电话被挂断，我想要问她些什么，却只余下苍白的忙音。

苏郁到来时已是深夜。她的卷发和灰蓝色格子衬衣被雨水淋得没了模样。她径直进屋，兀自坐在地板上，一双眼睛透过湿漉漉的耷拉下来的额发望着我，没有说一句话。

我走到她面前时她的双手突然紧紧抓住我的胳膊，手指关节微微发白。

她的眼底潮湿，却始终倔强地用牙咬住嘴唇，不让眼泪落下。面对以从未有过的状态呈现在我面前的苏郁，我一时手足无措。愣神片刻，才映着台灯的光起身为她寻干燥的衣物。

苏郁在我面前默默地褪去被淋湿的衣服，洁白且纤弱的脊背上分布着深深浅浅的伤痕，似熄灭的烟花留下的痕迹。

在那个晚上，我第一次听苏郁说起关于她和一个男孩的事。

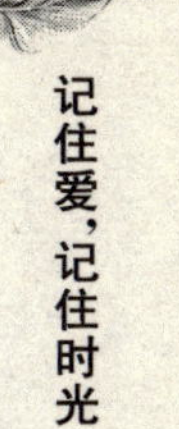

苏郁说，在我的成长岁月之中，朋友像是濒临灭绝的生物，而除了你，我的朋友只有他。

苏郁说，自儿时相识至今，我们便是彼此唯一的朋友。而到目前为止，我一直是他唯一的朋友。

说出这些话的时候，她的脸上一闪而过少有的骄傲神采。

苏郁说，一直以来，他都处处优秀于我。可是他从不曾对我显露出任何轻视，相反，他对我处处照顾。一年之前他进入了这所重点高中，拼命地复习了一年，却还是以几分之差与这所学校失之交臂……我与母亲做了一笔交易，她为我花钱让我如愿以偿，但条件是期中考试必须进到年级前五……家长会之后，母亲愤怒不已。在我给你打电话之前刚刚遭到她的抽打。

苏郁燃了一根烟，夹于食指与无名指之间。她恶狠狠地吸，然后将未熄灭的烟蒂同样恶狠狠地摁在右手臂上，面色一瞬间变得更加苍白，牙齿紧咬着唇。稍顷，才从唇齿之间缓缓吐出一口气，心情似也平静了不少。

那一夜，苏郁与我共睡一张床。她用黑色的记号笔在雪白的墙面上毫无拘束地默写诗歌。

前生一段/后世一段/汨罗江的石头里/你的甲骨文正在歌唱/梦里一段/醒时一段。

我想，他与苏郁的情谊之重定然是远胜于爱情。自始至终，他们都是彼此的唯一。我从未问起苏郁关于这个男孩的事情，诸如姓名，所在班级。我知道，苏郁不愿意将这些事情告诉任何人。

后来我逐渐地淡漠了那夜苏郁对我说起过的事。苏郁此后也不再对我提起关于这个男孩的任何事情。回忆的地平线突然断裂，苏郁坠落，并再也没有出来。

高一结束时，我拿到了年级第一的成绩，并因此进入了学生会。学生会的改选在那时刚刚结束。我听别人说这一届的主席名叫陆淮。

学生会第一次开会的时候我看到了他，干净如王子一般坐在讲台上，白色衬衣的领口处开了两个扣，眼睛似春风吹皱的碧水，温柔且灵动。

那天开会时他说的话我大半已忘记，只记得他温和的声音。

散会之后，他站起身突然说道，陈远是谁，请留一下。他走到我面前，对我说，我叫陆淮，希望今后你能够帮我处理学生会的一些事情。

三十天之后，当我已经与他开始一段爱恋。我问他，全校喜欢你的女生那么多，为何偏偏选择我？

他温和地笑了笑，没说话。

我与陆淮之间的爱情是淡然的。在一起时，我们通常说些曾经发生在自己身上的事情。他时常会以温柔舒缓的语调说起他童年的记忆，住过的房子、树木、花草、蓝蓝的天空、寂静的云朵、恢弘的暗红色教堂，以及教堂钟楼上每到黄昏便成群飞翔的寂落的白鸽。他还无比深情地对我提起他唯一的朋友。

他说她是一个非常特别的姑娘。小学时，他们时常一同放学回家，一同写作业。她的母亲时常夜不归宿，她便到他家来住。年幼的他将自己的床留给她，每天晚上都会起身映着月光给她掖好被角。她的眉头总是皱得紧紧的，每当这个时候他就觉得忧心。

那时我只是因他的叙述而深感温暖，根本没有想到他所说的“朋友”便是苏郁。

某一日，陆淮说放学之后一同外出，我欣然应下。我们在傍晚来到一家饰品店，穿梭在琳琅满目的银饰之间。陆淮随手拿起一只细窄的银镯喃喃自语，苏郁一定会喜欢。

那一刻，我如遭电击般回过头问他，苏郁？

他温和地笑了笑，回头说，是的，她就是我曾经对你说起过的那个女孩。难道你们认识？

怎么会是苏郁？为什么会是苏郁？！

诚然，如今想来在第一次听到陆淮说起他童年时代那些美丽而乖张的默片时，我心中自然有少许妒忌——恋爱中的人，总是希望自己爱人的一切经历只与自己息息相关。可是，却终究因为时间遥远淡漠了这份妒忌。我以为陆淮与那女孩已极少联系，抑或这女孩与我从不相识，我便可堂而皇之地佯装眼前这男孩的一切过往皆是属于我的。

可是。可是。

当我知道陪伴陆淮成长的女孩就是苏郁时，一瞬间心中泛起奇特的滋味，酸酸的，苦苦的。并终于发酵成一种名为“妒忌”的东西，随后爆炸，沿着血管扩散到全身。

回家时，我与陆淮并肩而行。偶尔看天边的星斗，缄默无言。

突然，一颗星婉约地划过天空。

你对我也会这样吗？我触了触陆淮的胳膊，问。

我不太明白你的意思。

每当你看到某个小东西的时候也会不由自主地想到或许我会喜欢吗？

陆淮温和地笑了笑，伸出手揉了揉我的头发，朋友和女朋友是不一样的。

那么是朋友重要还是女朋友重要？我追问。

他的沉默似黑暗一般无边，令我感到羞赧。

苏郁……知道你恋爱的事情么？

嗯。

她说什么？

没说什么。

真的么？

嗯——今天是苏郁的生日，稍等一下，我给她打个电话。

陆淮取出手机拨下一个号码，几秒钟之后脸上露出了淡淡的笑容，生日快乐，苏郁。

他们聊了很久，陆淮的言语仍旧温和，带着掩饰不住的欣喜。他说，苏郁，我刚才看着深蓝色的天空，一下子想起童年的时候，你时常到我家来住。半夜我起身为你掖被角，你的眉头皱得那么紧，那时我就总会感到忧心。那天晨会之后我一整天都想安慰你，可我怕你会感到难堪，所以什么也没说。

也不知苏郁问了些什么，陆淮笑着回答，当然。继而却又变了脸色，沉默不语。然后打了个呵欠，很晚了苏郁，睡吧，我们都很累了。

挂掉电话，他伸出手揽了揽身旁的我。我顺势靠过去，让他的气息尽情包围我，缠绕我。

我问他，陆淮，我们是否能够永远在一起？

他拉着我的手，他的手又软又暖，可是他却没有作答。

陆淮中午会在学校门口等我一同吃饭，有时候吃 KFC，有时候去路边摊。他知道我喜欢吃 KFC 的薯条，于是就把他套餐中的那份留给我。

每当这个时候，我都会觉得幸福，很幸福。可是我从来没对他说过。

我知道，许多话不必说出口。

那天他对我说起苏郁，他说，苏郁每次和我一起吃 KFC 的时候，都会吃掉我的那份薯条，并当作理所当然。

我问，那你会不开心吗?

他说，不会，她吃掉我的那份薯条，我很快乐。

我撇撇嘴，问他，那你以后能不能把你的那份全部留给我?

他笑，说，以后我会记得给你多买一份。

我又问，如果我和苏郁与你一起吃饭，你的薯条会给谁?

他愣了一下，默默放下手中的可乐，没有说话。

我想，对苏郁的敌对与仇视在那一刻上了一个新的台阶。她占据了陆淮的诸多记忆，并在我与陆淮恋爱之后仍固执地不肯退让。

我该想些办法让苏郁明白我究竟多么爱陆淮，而陆淮，亦是那么爱我。

于我而言这有些困难——我与陆淮的感情远不到如胶似漆的程度，甚至，只是关系较为密切的朋友。

我不时对苏郁说起一些关于陆淮的事，比如陆淮唱歌给我听，陆淮很爱我——事实上，这些根本是我彻头彻尾的幻想，我却要努力做出极其幸福的样子，不让苏郁看出丝毫破绽。我一边对苏郁说着一边告诉自己这一切都是真的。我希望苏郁能够了解，我与陆淮的感情是多么地好。

只是苏郁每次听到这些，脸上从未出现过我所期待的羡慕抑或沮丧的神情。她总是漫不经心地说，哦，哦。

仿佛是多少知道了些我与苏郁的关系，陆淮亦很少在我面前提起苏郁了。

我与苏郁，仍是尽量保持友好的关系，纵然各自心中皆存放着一个秘密，并掩耳盗铃地认为对方并不知晓。我承认对她有所妒忌，因为她陪伴陆淮走过了一段任何人都无法替代的洁净时光。

我对苏郁说，过几天就是陆淮的生日了，你给他准备什么礼物了吗？

她说，没有。

我心中一阵欣喜，于是说，我这个星期要去给他买礼物哦——你要和我一起么？

没有说出来的那句话是，这么不关心他，难道不怕他以后和你断了联系么。

她点了点头说，哦，好的，刚好我也要送他东西。

我将手中的笔狠狠地摔在地上。苏郁问我，怎么了？我说，没什么。

没什么，真的没什么。

只是忍不住地讨厌你。我心想。

和苏郁一起为陆淮挑选礼物的那个下午，天空被金色的阳光染得微微泛了黄，像一枚蛋被打散之后缓缓地荡漾开来。行人很少，街道干净，风若有若无地在眼旁环绕，牵动几根短短的睫毛。

苏郁选好礼物，付款之后让店员用银色的包装纸包起来。

我没在意那是什么，略微感到有些戏谑，或许只是她未经大脑随意挑选的东西吧。

苏郁没有等我，只是将礼物递给我，然后淡淡地说，我有事，先走了。

我忙着挑礼物，于是说，好，你放那儿吧。

她说，你要记得给他，并代我跟他说句生日快乐。

我说，好。

陆淮十八岁生日那天没有叫任何人，只与我在一起。我们找了一间幽静的餐厅吃午饭。我把苏郁的礼物留在了教室，只带了自己的那份。

他低着头吃饭，偶尔抬起眼来对我笑笑。他的头发新剪过，一根一根翘起，摸上去或许很扎手。我坐在他对面静静地看着他，并努力记住他的每一个细节。

我说过，与他一起吃饭，就已经很幸福了。更何况，是在他生日这一天，他没有和其他任何人一起——包括苏郁。

不知道为什么，我总是如此频繁并且习惯性地与苏郁较劲。

陆淮看到我的礼物——一个泥塑的大提琴，弓斜斜地摆放，孤独的姿态，像黑暗中的舞者用整个生命在舞蹈。

就如我，如今的我，十七岁的我，亦是在穷尽了点燃了沸腾了整个生命在爱他。

我很喜欢。他白皙的手一遍遍抚过泥塑，眼中露出欣喜的神色。谢谢。

说罢，他捧起我的脸，在我的额上轻轻一吻……

那一刻，我暗自祈求时光慢些走——能不能更慢些？

然而，时光终究还是流走了，而我依然在这儿，已掉进深深的漩涡。

把苏郁的礼物交给陆淮已经是第二天中午放学后的事情。我将那个用银色包装纸包起的盒子漫不经心地交给陆淮，说，喏，这是苏郁给你的。

他看了一眼，双目似乎有些失神，问，为什么她自己不给我？

我撇撇嘴，那你问她咯，我怎么知道。

他心存疑惑地拆开。两只淡蓝色的透明小杯子被固定在一个塑料的书本模样的底座上。杯里是两只胖胖的小蜡烛，芯子是蓝色的，像两只精灵。

他突然开始无法遏止地哽咽。

他说，帮我拿一个打火机来。

他小心翼翼地点燃蜡烛，眼里是丝丝流转的晶莹。

他深吸了一口气，吹灭。继而低声自语，十二岁那年，我的生日是与苏郁一起过的，那是我这么多年来唯一一次与她在一起度过的生日。那天她对我说，其实需要生命中最重要的人陪伴自己过的，只有十八岁生日。陆淮，如果你十八岁那年我们仍是彼此最重要的朋友，那我一定会与你一同度过你十八岁的生日，纵然那天我无法出现在你面前，也一定会送你生日蜡烛。

他的眼眶微微泛红，落下泪来。

他说，她还记得。

那一刻，我眼前竟出现了苏郁的面容。病态。苍白。头发微卷。我恨透了她，也恨透了自己。

我甚至幻想着陆淮或许已经打电话给苏郁，诉说着于他而言重要的一切，苏郁在那端默默落泪。

课间，我随手抓起一本书恶狠狠地砸到苏郁的桌上。我说，苏郁，请你与陆淮保持距离。

她听罢，只平静地喝了一口柠檬汁，诧异地望着我。

我瞪着她，一字一顿地说，因，为，我，不，喜，欢！

她亦看着我，之后笑了，你是在以陆淮女朋友的姿态跟我说话么？她将脸凑近我，盯着我的眼睛，可是我和陆淮认识的时候你又在哪儿呢？

我说，可是陆淮的女朋友是我，不是你。

接着她离去，留下我一人。那瞬间我曾想冲上去狠狠地给她两个耳光。

我该采取些手段，让她难受。

我想起了一个写得一笔整饬锐利字体的女孩。那女孩平日喜欢做些有异于常人的事情，虽说仗义，但脾气秉性近乎痞子。当听说我要让她以一个男孩的口吻写信给苏郁的时候，她十分义气地拍了拍我的肩膀，放心吧，这件事情包在我身上。

她从网上下载了很多的情书，将它们一封封抄写在淡蓝色的信纸上，之后放到我们班的信箱里。

她给“他”取了一个名字叫做 IM，imagination，幻想。

心中隐隐预感，她会成功，我会赢。

在不长的一段时间中，我冷眼旁观苏郁在面对那些信时是如何由怀疑到期盼，回信由敷衍到缠绵。女孩每次拿到信之后都会痞子兮兮地对我说，哈哈，这丫头要爱上我啦。

终于，在一封信中苏郁无比认真地写下了“IM，我想我爱上了你”。

那一刻，我知道我赢了。

一切都已经结束——至少那时我心中是这样想的。

我有气无力地对朋友说，好了，IM 的任务顺利完成。

她说，那接下去该怎么办？

我笑了笑，说，那就让 IM 去“死”吧。

她也笑了，说，我也是这么想的。

……

高考后，陆淮被南方那所赫赫有名的大学录取。而那时父母已决定送我去借读。

离开之前，我和陆淮去酒吧喝酒。窗外是宁谧的夜。我一瓶瓶地喝着，啤酒被接连不断地灌进胃里，直到最后胃像被火灼伤了一样地疼。陆淮一直劝着我，可我克制不了。我突然感到无限凄凉，自己穷尽了一切包括道德所换来的爱情，到如今也不曾令我心安理得。

我跑去洗手间，吐得一塌糊涂。出来的时候看见陆淮站在门口，沉默的身影像一株挺拔的白杨，眼中浮着雾水。他说，陈远，你这样我会很担心。

我走过去靠在他肩头，他搂住我。我的眼泪哗哗地流下来，我问他，陆淮你会不要我吗？

他轻轻拍了拍我，说，不会，当然不会。

眼泪落在他的T恤上。我问，无论发生什么事情无论我犯了多么不可饶恕的错误你都会原谅我吗？

他说，会的会的。陈远。你别哭了。

那一瞬间我想起了苏郁，我想起我们因为作弊而遭到教导主任痛批以后她也是这样淡定地对我说，陈远，你别哭了。

你还记得苏郁高二时曾和一个男孩子恋爱的事情么，陆淮……那个男孩子其实……是我让别人假扮的……因为……因为苏郁总是比我了解你的心思……我心里不甘……你懂吗陆淮……你知道你对我有多么重要吗陆淮……

我含混不清地说着，一边说一边哭，并未发现搂着我的胳膊已一点点松开。

良久，我才意识到自己说了些什么。抬起头，你能原谅我吗，陆淮。

他的眼睛静如死水，盯着我看了很久，你……说的……是真的吗？他艰难地问。

是的。是真的。

你不认为这对苏郁而言太残酷了吗？

我知道……可是……

什么都别说了，陈远。

我清晰地记得那天回家之后所发生的一切。我酒醒了大半，可眼泪仍是止不住地流，眼睛又涩又痛。我狠狠地捶打着墙质问自己为什么要将这一切告诉陆淮。墙是那么寂寞而单调的白，白得像蔫谢的花瓣。我面对它，试图直视自己的灵魂。我灌下一大杯开水，烫得舌头发麻。我告诉自己陆淮很爱我，他不会因为这件小事而轻易地离开。

可是。

自那之后，贯穿我整个暑假的只有孤单。是的，孤单。

陆淮没有给我打过一个电话，甚至连短信都不曾发给我。我的心空了。

我曾试图给陆淮打电话，可他的手机永远无人接听。我给他发短信，他也从未给我回复。

八月末，我被父母送走。

九月初，天空清澈高远。当我在教室里研究一张关于双曲线的数学试卷时收到了陆淮的短信：

陈远，我已经登上了去往上海的飞机，保重。

我将这条消息迅速删除，视线移回试卷，呆呆地盯着一弯双曲线，脑海中萦绕着一首歌：如果我是双曲线/你就是那渐近线/虽然我们有缘/能够生在同一个平面/然而我们又无缘/漫漫长路无焦点。

闭上眼睛的那一瞬，眼泪不由自主地滑落下来。

亲爱的陆淮。再见。

高三整整一年我都生活在他乡，抬起头就能看到瓦蓝的天空，草木以柔韧的姿态在风中如泣如诉地摇曳。这里还有一座教堂，每到周末我便会去那里听牧师布道。

聆听布道是一个神奇的过程，它让我获晓生命之中原本可以避免的罪孽与

羞耻。

《新约》中言道：你改悔罢。

是的，我当改悔。

进入大学之后，我淡定了许多，再也不曾强烈地喜爱或憎恶某个人。可每每想起苏郁，都心存愧疚。

我知道苏郁考取了南方的那所大学，与陆淮仍是同校，可我心中已波澜不惊。

曾经那个嫉妒心极强的陈远渐行渐远。隔着迷雾，我看不清她的脸，亦不能够确定她脸上是否仍旧带着曾经桀骜凌厉的神情，她心中是否仍旧开放着妒忌仇恨的花朵。

只是有时，睡意蒙眬，隐隐约约想起曾经与陆淮之间所发生的一切。每每此时，温暖与疼痛便会一并袭来。我甚至不曾听他对我说出那三个令人迷醉的字——于是这短暂的爱情注定无法留下任何凭证。

可，这一切，似乎已经不重要了。

苏郁，我昨天晚上又梦到你了。

我诚然已经忘却你已持续多久地占据我的全部梦境。梦里的我们仍是穿着学生装的女孩，你留着长长的卷发，我的头发短得摸上去扎手。这个城市的春天总是下雨，甚至在梦里也下个不停。教学楼旁那一树树刚刚绽放的粉色樱花被雨水打落。梦里的你倚着墙表情淡然地仰起脸望着它们凋零的样子，然后转过头轻笑着对我说，陈远，你看，花儿总是开放，然后凋零——没有人能够改变它们的命运。

我突然从梦中惊醒。

窗外的天色仍旧昏暗，喑哑无边，云朵似结了浓烈的哀愁。已是立秋后的第二个月，天空颤抖微微泛寒，宿舍冰冷的墙上布满了我用黑色中性笔抄写的现代诗歌。

江南很远，忧伤的柳岸很远，爱情很远，耳朵之下，莲朵无言。

我的肩膀侧抵着墙，不知何时泪已满面。

实际上我早就应该预见到，一旦我的内心归为平静便会感到有愧于你，会因感到有愧于你而梦见你。而终有一天，当时光磨平了岩石的棱角，当一切少年旧事被时光的洪流冲刷干净，我又会因为淡忘了一切而梦也梦不见你。

……

ChapterC：**陆淮**

初秋将至。入夜，室友将窗推开，带着植物辛辣香气的风吹进来。我缩在上铺的角落，闭着眼睛，耳里满是黄义达红遍大街小巷的《那女孩对我说》。

我将目光投向窗外，明月在云雾中缓缓升起，在这个柔和的秋夜，随着空中墨蓝色的云朵一起穿行。

也就是在那个时候，我想起了你，想起了你少年时代的脸，没有任何表情，冷漠却又偏偏令我念念不忘。

你我自相识至今也有十年光阴了罢。我总能清晰记起童年时与你在一起的诸多片段。我日日等你放学，与你一同回家，一同写作业。你母亲夜不归宿时你便会到我家来住。我将床留给你，自己抱着被子睡在地上。可是那些日子我总也睡不沉，夜里总会醒来。你睡觉也极不安稳，会将被子踢开。我起身为你掖起被角。映着如练的月华，我看到你的眉头紧紧地皱起，每到那个时候我就总会感到忧心。

十二岁那年的生日是与你一同度过的。那天夜里你睡在我家，睡意蒙眬之时你说，其实需要生命中最重要的人陪伴自己过的，只有十八岁生日。陆淮，如果那时我们仍是彼此最重要的朋友，那我一定会与你一同度过你十八岁的生日，纵然那天我无法出现在你面前，也一定会送你生日蜡烛。

我竟因这句话而湿了眼眶，在黑暗之中轻轻拉起被角，生怕被你发现。

同一所小学，同一所初中。一起走过的日子，我与你如影随形，分享着彼此成长中的点点滴滴。有时候，你只是一个人呆呆地望着天，望着空中拍打翅膀寂寞飞翔的鸟儿，眼神空洞。那时，我便觉得你是一只被人剪断了线的小小风筝，需要有人为你指引漫长的人生。

我们是彼此唯一的朋友。

知道吗，苏郁，我一直觉得诸如“唯一”这类的词是那么美而决绝，因这“唯一”而使自己没有任何退路可言。我们是紧紧缠绕在一起的两株水草，若是一株断了，另一株所面对的，亦是死亡。

我还记得我们第一次去 KFC 吃饭时的情形。我身上所带的钱只够点两份套餐。我一边吃汉堡一边开心地和你说话，还发现你极喜欢吃薯条。你总是先把薯条拿起盯着看。你吃薯条不喜欢蘸番茄酱。你告诉我番茄酱太像血，很恶心。

我看着你的眼睛，那一刻你眼里有一种阴郁的东西。我读不懂。

也就是在那个时候我知道了你喜欢吃不蘸番茄酱的薯条，而且你能每次吃下两包。从那以后我总是将自己的那份也留给你。

虽然，虽然你总是漫不经心地接过去，理所当然地解决掉。

可是，可是我以为很多时候这样的付出是不须回报的。

我不知道你能否明白。

我静静地伴着你长大，或者说与你一同长大。我日日与你在一起。你极少言语，我像是守着一株沉默的树。

你中考那段时间，我总是不安。时常在晚上坐在书桌前望着窗外墨蓝色的天，长久的静默之后不自觉地拿起身边的电话，拨下你的号码，和你聊上一小会儿。我希望你能够与我考取同一所高中。事实上，我只是想要与你在一起，自小学、初中，一直到高中、大学。让我们见证彼此的成长。

中考那天下雨了。第一场考试结束后你打电话给我，声音很消沉。你说，陆淮，我昨天晚上吐了很久，不知道为什么。今天上考场时仍感不适，所以可能考不好。

我说，不会的，你不会的。

突然发现，除了这句话，我已不知该再安慰你些什么。

你在那端沉默，我猜想你积满了泪水的眼睛此刻定然正哀怨地望着同你心情一般阴郁的天。许久，你说，希望，希望我的愿望能够实现。

我不知道你所说的“愿望”究竟是指什么，与你简单地说了几句之后你便挂了电话。

一个星期之后你告诉我说，陆淮，我的成绩出来了，很不理想，大概考不上你所在的高中了。可是，我会想办法的。

几天后我又接到了你的电话，你无比轻松地对我说，陆淮，我拿到录取通知书了。

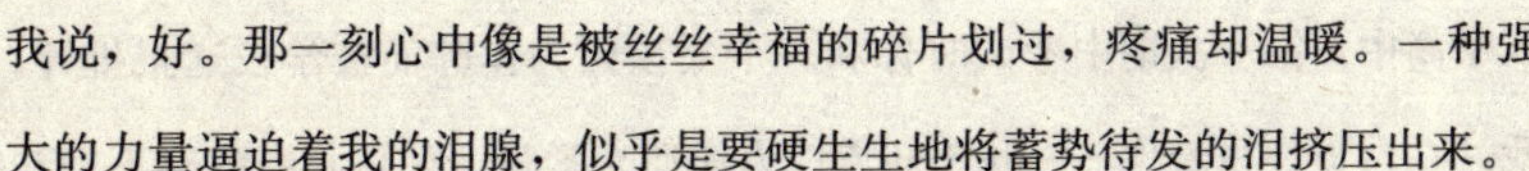

我说，好。那一刻心中像是被丝丝幸福的碎片划过，疼痛却温暖。一种强大的力量逼迫着我的泪腺，似乎是要硬生生地将蓄势待发的泪挤压出来。

我知道，你一定为此做出了诸多让步与牺牲，因为我听得出你言语中假扮的轻松。我不敢追问，正如我在童年时便已得知些许你的身世但却从未提起。我怕你会伤心。

我们仍是每天一起吃饭，大部分时间去 KFC。我们仍是彼此唯一的朋友，虽说这样会遭人说三道四。自初中开始，我与你便忍受着各种非议，但我只会将之当做偶尔罗曼蒂克的情绪调节剂。维系在我们之间的，永远只是最为单纯的友情，仅此而已。

那时的我，对爱情毫无概念——即使初中时我所收到的纸条与情书是全校最多的，可我发誓我从未看过。那些满脸小痘痘正处在青春期的聒噪女孩们只会让我感到深深的迷惑与恐惧。

与她们相比，你显得那么不同。你言语极少，似一株沉默的树。你的皮肤苍白，像常年居住深海的人鱼。倘若你是我的女朋友？不！——这个想法瞬间被否定。你是我最好的朋友，这是永远无法改变的。

入了高中，第一次期中考试时你和一个女孩因为作弊而被学校通报批评。我站在台下注视着你——我不知道你为何那么紧张，只是心中隐有不安与愧疚，总觉得这事情与我有千丝万缕的关联。

那天晚上我想要打电话给你，却不知该如何安慰。

陈远是我在当选学生会主席之后才认识的，因为她是高一年级的第一，所以希望她能帮助我处理一些学生会的事务。我们相识的过程是那么简单。

她是个瘦弱的女孩，话亦不太多，某些时刻看上去极其漫不经心。可是，看到她的一刹那，我明白自己心中某处一直沉寂的火种被引燃了。烧得热烈而灼人。

今生就是从三十天之后开始的。

和陈远的恋爱自始至终都像一捧清泉。她静静地爱着我，偶尔会给我发些开心绵长的消息，抑或在深夜将动人的歌词一个字一个字地输进手机发给我，我第二日清晨一开机便能看到。而我，也会时常给她打电话，偶尔说起童年时代的故事——自然会说起你——听她在电话那端轻笑，觉得爱情是这样温暖而美好。也罢也罢，我知道你不愿听我提起这些。情不自禁的言语，愿你能谅解。

后面的事情就显得有些繁杂了。无意中得知你与陈远相识，原来她便是那日与你一道遭受通报批评的女孩——这些事我也只是偶尔想起，感慨生命之不可预知。

知道你便是我多年来唯一的朋友以后，陈远似乎总是对你怀有怨气。在我面前掩饰得极好，却终究逃不过我的眼睛。我深知她的怨气从何而来，毕竟我与你所经历的，无论时间还是空间，都是她所不能企及的。作为我的女友，她自然希望我的一切皆与她息息相关。我一直不曾就这个问题与她做过任何探讨，也不想将之挑明。在我心中，朋友与女朋友是一个物体的两个面，永不会相交，自然无法相提并论——这些，她并不明白。

可是苏郁，为什么连你也不明白呢？为何我们十几年的相知仍旧不能让你对我完全放心？诚然，我因恋爱而减少了与你的联系，但那又能证明些什么？在这世上，我们需要扮演诸多角色，有时候为了成功扮演某些角色，我们不得不做出必要的暂时的舍弃。我深知这多么可悲，但这是通往成熟的必由之路。

那段时间你势必无限伤心，以为我的恋爱是我们友情终结的标志。有时我真想将这一切解释清楚，可我竟没有勇气，我惧怕面对你。

于是我们若即若离地联系，不再一同外出吃饭。那种因爱情的突然袭来而令友情逐渐淡漠的感觉真令人绝望。

我的十八岁生日便是在这种绝望笼罩下度过的。次日午后才收到你的礼物，那盒蓝色的蜡烛终于召唤出我眼底的泪，我想起了你曾经说的那番话：

其实需要生命中最重要的人陪伴自己过的，只有十八岁生日。陆淮，如果到那时我们仍是彼此最重要的朋友，那我一定会与你一同度过你十八岁的生日，纵然那天我无法出现在你面前，也一定会送你生日蜡烛……

不久后便得知了你恋爱的消息。这消息是陈远告诉我的。因为太突然，我一时竟难以接受，但静下心来仔细想想，这于你而言又何尝不是一种幸福。

我每天都会替你感到幸福，直至听到那个消息——男孩死了。

那一瞬间我的大脑一片空白，甚至忘记应该打一个电话安慰你。

我曾以为自己是你伤心无助时第一个想到的倾听者，但现在看来，是我将自己在你心中的位置想象得太高了吧。

再后来，我与陈远分了手。那是我拿到录取通知书后的某一天。她与我一同去酒吧喝酒，喝得酩酊大醉，无意中告诉了我那个惊人的秘密：事实上，那个叫做IM的，给你写信的男孩自始至终都未曾存在过，一切的一切，只不过是她亲手导演的一场闹剧，目的就是为了让你能够因恋爱而与我疏远。但我知道，这件事情，无论她出于何种原因，哪怕仅是单纯地为了爱，我也无法原谅她——因为她伤害到了你。

我拥着已经烂醉的她走出酒吧，那天之后再也未与她联系。她无数次打电话，我总是摁掉，摁掉，摁掉。

那个假期我帮你补习了很久的功课，然后离开这座城市去了南方，开始我的大学生活。我在电话中说要你与我考取同一所大学。说出这些的时候我极其没有底气，怕遭到你的拒绝。那些时光就像泉水一样洁净，伴随着悱恻的琴声，静静地弥散至这个世界的每一个角落。你对我说，好。

一段并不愉快的旅途，终于结束。

是的，终于结束了。你逐渐地从那片阴影中走出来。还好你走了出来，一切不愉快都已过去。

我已能够平静地接受陈远曾经对你的欺骗。我想，在特定的情形之下，人难免会做出些有悖常理的事情。横向比较，是可耻的。纵向比较，在时光的洪流中，一切都显得微不足道。

留下的，只有爱。丰沛的爱。这些爱，将与时光一同在心壁上熠熠生辉。

维吉尼亚·伍尔夫曾在给丈夫的信中这样写道：

记住我们共同走过的岁月，记住爱，记住时光。

苏郁，也让我们忘却所有的仇恨，所有的悲伤，记住爱，记住时光吧。

陶罐里的樱桃

是上帝让我认识你的。
我们无需在乎那蹩脚的开场白。

［备忘录］

陶罐落在地上发出的声音异常凌厉，突兀的碎片犹如一道道被爱灼伤后留下的疤。

失眠的夜，回忆像长出了小手小脚的爬墙虎费力地攀爬着。我呼吸不得。唇是干燥的。双目亦然。面对漆黑的墙壁与无光的窗棱，我如耳语一般轻声自语，若有一天失忆，有一些储于脑海中的片段是定然要记得的。

六年之前的秋天，在那个如城堡一样的暗红色的房子里，我第一次见到了亲爱的你。

四年之前的夏天，我十六岁生日的那个午夜，第一次为你做模特。柔暖的橘红色灯光映在我身上，身旁的静物是我名字的暗喻——一个陶罐与几颗暗红的樱桃。

两年之前的冬天，天气异常地寒，我在医院的走廊上等待你的消息。你的面色苍白得吓人。那是个悲伤的冬季。

这些片段都是关于你的，我将它们珍藏于记忆的最深处。我在那里安放了一只精致的玻璃匣子，存放这些独属于你的记忆。有的时候我会化做一只

蝶，穿越记忆的长河去探望它们，隔着玻璃同它们说话聊天。只是不敢轻易开启，生怕它们蒙上灰尘。它们散发出的温润的光使我变得淡定安然——尽管那光早已被岁月磨得不再闪亮。伴随这一切的还有海的潮起潮落——哗啦，哗啦，哗啦，漫湿我枯槁已久的心灵。

我把它们蛮横地认作我们共同的回忆。纵然这一切，或许你都已不再记得。

思念是我的疾，那样严重，我几乎病入膏肓。在充斥着爱与绝望的深海之中游弋，我如同一条失掉鳞片的鱼，忍受着无法言说的疼。我只能一味沉溺于海，借寒冷使自己麻痹。

在这个世界上，很多的爱没有来由，仿佛是一种与生俱来的力量。仇恨亦然。我在人情冷暖中纠缠不清，少年时的倔犟犹如蝴蝶，鄙夷我的怯懦，于是飞离，消失不见。我如同一枚贝，将粗糙硕大的外壳彰显于世，让人心存希望，以为能在很多年之后孕育出温润丰盈的珍珠。但，只有我知道，自己早已空了。爱被抽空，走在街上都会害怕被风吹走。

我眼前总是出现大片大片阴暗的红。这究竟是我名字的谶语，还是我生命之中无法逃避的颜色。仿佛这一生，我注定与它纠缠不清。

［颜渊与他的城堡］

秋暝路上拥有洛城最为考究的建筑群。天空高远，错落有致的暗红色的房屋隐没于落日余晖之中。墙上覆盖着深深浅浅的绿色爬墙虎。房屋后面是群山，因过于邈远，只能看见隐约柔和的淡紫色轮廓。此处的景致犹如大师亲临作画，让人流连忘返。

秋暝路三号是颜渊的房子。他说，这里亦是我的家。

这座房子无疑与它的主人一样具备了高贵且低调的品质。颜渊曾告诉过我，秋暝路在很久之前是一片战场，荒草萋萋。这里或许居住着无数战死沙场却无法马革裹尸的勇士们的亡灵。“仔细听，樱桃。你能听到他们从我们头顶走过时喃喃的低语吗?”颜渊如此深情地问过我。我环视四周，终究一无所获。所有房间皆以灰与黄为主色调，拥有时光变迁的厚重之感。男主人在一些小小的角落恰到好处地放上了蔷薇与水果。这样充满柔情的点缀，仿若是给一条复古的长裙缝制了精巧的蕾丝花边。

此时，男主人颜渊正在他那间黑色墙壁的房间中安睡，黑漆漆的窗棂犹如暗着脸色的苍老男子。

已是秋天。我打开窗，天光的色泽比平日更加蓝。枯叶叹息而落，略有不

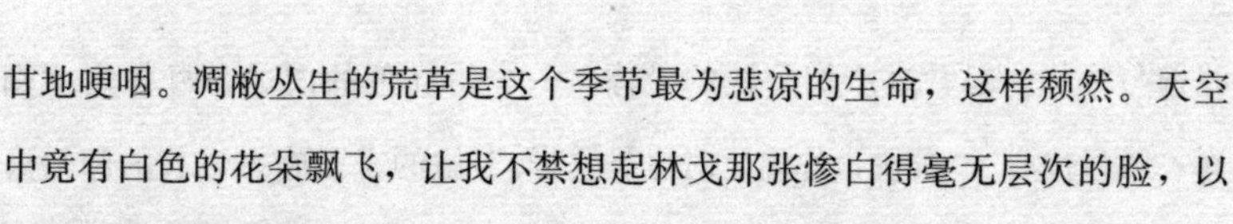

甘地哽咽。凋敝丛生的荒草是这个季节最为悲凉的生命，这样颓然。天空中竟有白色的花朵飘飞，让我不禁想起林戈那张惨白得毫无层次的脸，以及红艳艳的性感的唇。

林戈昨日一夜未归，我不知道她去了哪里。这个怯懦无能的女人在嫁给颜渊之后又逐渐暴露出轻贱的本性。一个小时之前她回来，没有与任何人打招呼径直钻进了浴室。五分钟之前她从浴室走出来的时候我正站在镜前端详自己的脸。林戈站在我身后，我从镜子中看她。她的四肢修长且苍白，胴体包裹于宽大的浴巾之中，湿漉漉的黑发贴着惨白的脸，目光涣散。“在看什么?”她问，声音犹如蔫谢的花瓣。“在看自己是多么地丑陋。”我是那么坦然。我的回答显然是突兀的，也许重伤了她结痂已久的心。她没有再说什么，垂下眼帘，默然离去。我心中满是报复之后的快感。我是多么无法面对镜中的自己啊。自我懂得美丽为何物之后便不断折磨着我，令我痛苦难安，如同一个梦魇。

我有着与林戈如出一辙的面容。苍白的脸庞毫无层次，像是以吸血为生的幽灵，纵然想尽一切办法，亦无法让它泛起丝毫红润。而唇，林戈的唇是厚且性感的，像一颗真正的饱满的樱桃。我曾想，男人在与她接吻之时或许会因那唇带来的快感而片刻忽略她幽灵般的脸庞。可我的唇偏偏不像她。是的，我的唇就像尚未发育的女孩，轻薄且苍白。

我曾与林戈一起看过产妇分娩的录像，一个粉红色的肉球自母体之中剥离，触目惊心。“樱桃，你出生时也是这样。”她的言语间燃烧着的深情火焰霎时被我的冷漠熄灭。我只当她是胡说。一个粉色的天使，又为何会变为苍白的幽灵？但是，无论我怎样想尽一切办法将自己与她的关系洗刷得干干净净，十六年前的秋天我终究是从她的体内剥离而出的，无法改变。

“囡囡，来，到我这里。”身边响起低沉的呼唤。颜渊醒了。可我并未理睬。

“对不起。”他道歉，立刻改口，“来，樱桃，到这儿来。”

他穿着黑色的衬衣，衬衣的领口、袖口以及肘部都缝着银色的花，别致优雅。黑色的粗布长裤勾勒出他腿部的轮廓。是爱好美的男子。纵然如此，依旧无法阻止时光的侵蚀。他的皮肤苍白细腻，亦并不松弛，只是眼角处生出几道皱纹。眼睛是年轻的，犹如春风吹碧的湖水，温柔多情似笑非笑。

“今天是你的生日。十六岁，是大姑娘了。我送你什么礼物才好呢?”

“我不知道。但是你送的，我都会喜欢。”

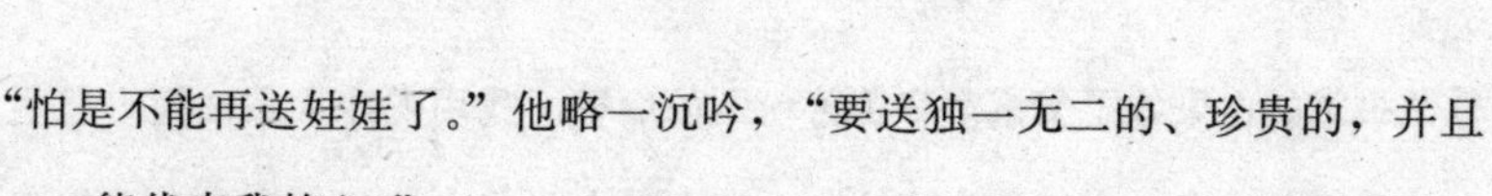

“怕是不能再送娃娃了。”他略一沉吟，“要送独一无二的、珍贵的，并且——能代表我的心。”

他花朵一般温暖的笑溅得我一身芬芳，幽暗的双瞳中似乎隐藏着一把开启回忆的钥匙，让我轻易地恍惚起来。

我十四岁那年开始与颜渊共同生活于这所红色房子之中。在此之前我与林戈以及她的男人居住在肮脏简陋的平房里，一个墙壁潮湿得能挤出水来的地方。男人就是丈夫的意思，林戈说这样的称呼令她有种踏实下来过日子的感觉。

林戈是个浑身沾满油污的女人，她穿着做工粗糙的棉衣，终日忙碌于狭小昏暗的厨房不见天日，待到做晚饭的时候才恍然探出头，只是夕阳已坠落。她似乎总是异常匆忙，吃过晚饭便开始洗澡，一番浓妆艳抹之后离家。我的父亲是眼睛明亮的北方男人，同我讲起话来坦然直白，目光含笑。他有时亦会变得凶猛无比。他与林戈时常争执，尽管大多是在我入睡之后开始（林戈回家通常是午夜），但我依旧间或会听到他们激烈生猛的厮打声。我曾在某次忍不住将门推开一条缝，于是看到我的父亲揪住林戈的头发狠狠地向墙壁撞去，女人如同发情的猫尖叫着，昏暗的灯光下，一朵嫣然的玫瑰在墙上缓缓绽开。

林戈肮脏的血染红了父亲辛辛苦苦粉刷的墙壁。我用喝冷水来减轻自己内心的恐惧与羞耻，直至浑身冰凉。在外人眼中我善良的父亲犹如一个强悍的杀牛贼，而林戈却像遭受丈夫虐待的良家妇女。但父亲曾不只一次地将我抱在怀里絮絮不止地诉说着什么，梦呓一般。直到后来我终于明白，那是一个男人在宣泄着被妻子践踏自尊之后难言的耻辱，以及此后不为人所理解而产生的更加巨大的耻辱。

不知从何时开始，我养成了写日记的习惯，我用歪歪扭扭幼稚的字体在本子的第一页默写了父亲时常说的话："林戈是个轻贱的女人，她让我蒙羞，也让你蒙羞，我的樱桃。"

林戈在遭受了无数次拳打脚踢的洗礼之后终于将一张洁白的纸放在父亲时常放烟的茶几上，用烟灰缸压好，然后转身走进卧室。烟灰缸里零零落落地躺着几个烟头，灰烬被风轻轻一吹便飞舞起来。我站在原地盯着父亲。他那日未去上班，穿了件烟灰色的棉衣蜷缩在沙发里，胡子亦没有刮，看上去异常憔悴。难道他是在等待这一天的到来么？是解脱，还是坠入了另一个痛苦的深渊？

林戈从屋里走出，拎着两只大大的箱子，一改往日的怯懦，显出了少有的矜傲。"签字吧。"她说。父亲没有说话，默默起身，在那张纸的右下角签上了自己的名字。有风吹来，纸张发出哀怨的声响，落日的余晖刺得我几欲流泪。

林戈拉起我的手，攥得紧紧的。我看着父亲，暮色将他的轮廓勾勒得忧伤且模糊。尽管我爱他胜过爱林戈，但法院却将我的抚养权荒唐地判给了那女人。父亲的背影是那么沮丧落寞。我呆站在原地，任凭林戈如何唤我都无动于衷。父亲突然回过头，飞奔过来，俯下身，那样激烈地亲吻我的脸。“樱桃……樱桃……”他不断地呼唤着我的名字，灼热的液体湿了我的脸颊。我感到满足，这正是我想要的，既然已得到，还有何奢求。身后的门重重地合上，那时的我未曾察觉那一扇门已将我与父亲永世相隔。

那年我十四岁。

我随林戈搬到了秋暝路三号。仿佛是一种召唤，林戈迫不及待地做出了反应。

颜渊是林戈的第二任丈夫，我的继父，一位颇负声望的画家，亦是秋暝路三号的房主。初次见面那日他穿了件白色的毛衣，蓝色的仔裤扎进了高筒靴里，可靴子依旧宽大。看上去是温和干净的男人，双目平静如水，令人厌烦不起来。我略带警惕地望着他，他俯下身亲吻我的脸颊。我可以想象我苍白的脸突然绽出了绯红的花。然后他转身对林戈说：“这就是你的女儿樱桃么，多么可爱而特别的姑娘啊。”

我在错落的时光之中感受着年华流逝所带来的无力却矛盾的痛，伤口龟裂，鲜血涌出，犹如艳丽的樱桃——那是我的名字，亦是我最为珍惜的水果，清洁甜蜜。

暮时，飞鸟自西遮天蔽日而来，房间里顿时暗了。颜渊转身上楼，再次下来时手中拿着他心爱的木质画架、对开的画板，以及一张纸——颜渊的画纸皆为极品，每一张的价钱都能用来买五百张普通的素描纸。他说每当用这种纸作画，无论之前心情如何焦躁不安，都能逐渐归于平静——这个物质上富足得近乎完美的男子，却是奇异的纯净。接近他，心中的欲念便荡然无存，留存下的，是爱，充沛的爱。“坐在那里，去，坐好。”他指着餐桌，温柔地命令着，尾音在残损的暮色之中蔓延。我走过去，坐在椅子上。“把头微微抬一抬，对，再抬一抬。左手放在右手上……身子向右侧一侧……对，就是这样。很好，樱桃，很好。”他在我四分之三侧面处支起了画架，对开的画板遮住了他的脸。

我听见铅笔刷刷地响，是起稿的声音。

林戈在此时悄无声息地飘至颜渊的身边，像一个真正的幽灵。她穿了白色的镶有蕾丝花边的裙子，领口很高，遮住了脖子的大部分。她将一杯煮好的卡布奇诺放于颜渊身边的凳子上——那是一杯多么精致的咖啡啊，被透明的玻璃杯盛着，浅褐色的液体明亮极了，上面漂浮着白色的奶油与肉桂粉，杯沿处并未忘记放上一片切得薄薄的柠檬，汁水流淌入咖啡，犹如眼泪。“噢，谢谢。”颜渊轻声道谢，他是彬彬有礼的人，即使面对自己不爱的女人，亦能表现得极为妥帖。而林戈显然有点受宠若惊，尽管颜渊在讲话时依旧目不转睛地盯着画板，但她还是觉得满足极了。“不……别这样说……我们之间，还谈什么谢与不谢。”我嗤之以鼻，这虚伪的女人矫情得令人作呕。“樱桃，不要撇嘴，我已经画到你的唇了。”他略带笑意地说。林戈在他身边站了一会儿，但他再也未与她讲话。

“亲爱的，我还要出去一下……晚饭……已经准备好了。”女人的声音有些颤抖。

“去吧。”

我一直不知颜渊是出于何种缘由竟会与林戈在一起，或许是因为灵魂的寂寞。可林戈并非知书达理的女人，若想填补空虚，结果只会与预料的大相径庭。那么，是因为颜渊需要一个女人吧。一个平凡的女人，愿同他厮守亦不抵抗他在夜晚的占有与侵人。可，颜渊是分明已经倦了的，他剔透的双眸无时无刻不流露出厌倦的神色。那种厌倦，是漂泊多年的旅人对家的渴望；是暮垂的老者对青春的追忆；是在沙滩上搁浅已久的鱼对海洋的绝恋；是一个被女人纠缠束缚的男人对自由的向往。

“颜叔叔……”

“嗯?”

“你厌倦了吗?”

画笔的刷刷声戛然而止，隔着画板，我看不到他的脸，但是我知道，此刻的他必然双手微握，略弯起腰，胳膊肘撑着膝盖。他在出神，轻柔的雾顿时弥漫开来。这一切犹如电影中完美的剪影。他的动作幅度很小，声音亦是轻微的。我的耳朵因为听到这些而疼痛，我的心因为感受到这些而狂躁，然后，绽放出一季绚烂而荼的花朵。

“樱桃，难道你不觉得这两个字很廉价吗——因为说出得太过频繁与轻易而显得廉价。大千世界，芸芸众生，向之所欣，俯仰之间，已为陈迹。人，若因心生厌倦而离开，岂非太过轻佻。厌倦会如何，欢喜又怎样，于我而言，那仅仅是一种惯性的维持。而且，纵然维持，又能维持多久呢——我已经老了，樱桃。”

他在叹息。他的叹息犹如涨潮的海漫过我的胸腔，又延至头顶，最终，将我淹没。我在宽广的忧伤中没了踪影，只来得及看到秋的最后一片叶飞舞而下，落在海面之上。这个世界终于一片荒芜。

［学画记］

颜渊沉默。我亦然。

作画时，他大都是沉默的。他用两个小时定稿，然后上色。他把颜料盒打开，那些色泽划伤了我的双目。黏稠。哀伤。艳丽。他用四号画笔蘸了群青色，扬起，凝视，嘴角微微上翘。已是夜里九点，窗外星光并不璀璨，唯有月色凄迷。颜渊打开灯，射灯的暖色就像一个个鲜亮的橘子，带着明媚的笑颜。我想要伸手托起，但它们却从我指尖滑落，调皮，并且难以捉摸。

我脑海中不断地闪现出最初学画时的情景，犹如倒带。

将它们取出，打开，底色是昏黄的。

在我十五岁的某一天，颜渊穿了干净的白色衬衣，袖口挽了好几个褶。他踩着凳子，在客厅的一个小小角落挂上了刚刚完成的十六开油画，共有四张，分别描绘了四季的意象。大片大片的色块交叠在一起，逐渐融合，形成迂回的风与空荡的雪。我站在他身后，静静地观望。心底深处有一片激情被那色彩点燃，疯狂地燃烧并且舞蹈着，让我难以安生。我的脸顿时变得灼热、滚烫。然后，落雪了，雪花摩挲，静谧苍茫。

“颜……颜叔……叔……”我轻声叫他。

“嗯？樱桃？”

“我……我很喜欢您的画……我想跟您学画，行吗？”我小心翼翼地恳求。

“哦？是吗？”他惊讶，继而应下，“行啊，明天放学之后你就去我的画室吧。”

他竟如此轻易地答应了我的请求，可又有谁知道在那之前我几乎从未主动同他说过一句话。并非厌恶。我曾说过，颜渊是个令任何人都厌恶不起来的男子。他的清高，他的淡定，他的富足，都让人深深迷恋，就像困顿难耐的旅人在寒冷冬日里寻到一条温暖的毛毯，能令人尽情地宣泄疲倦与哀愁。然而，我却以近乎刻薄的方式阻止自己与颜渊的任何交流，哪怕是一个眼神，抑或是一句简单的问候。在我心中，与继父颜渊的亲近便是对生父最为彻底和深刻的背叛。我极力克制着，一旦越轨一步便将自己鄙薄成千上万次。可是当颜渊画中的色泽刺入我双瞳之时，我在猛然间摒弃了之前对自己所有的苛求。

人为何要束缚自己，尤其是束缚自己心中的爱?

我将自己心中的爱扎成一只风筝，在云淡风轻之时放飞。我手中攥着的线轴不停地转动，风筝越飞越高，渐渐远离。我狠狠扯断那根线。爱如风筝，飘忽着远去，逃离我的身体，再也不属于我。

颜渊的画室离秋暝路三号并不远，出门之后步行五分钟即到。那是一间废弃已久的仓库，被颜渊高价买下，平日里于此教课授业。灯光略有些昏暗，窗帘是深褐色，浮尘清晰地布满他的瞳。一块黑板，上面有颜渊潦草的板书。几个静物台分散于画室的不同角落，上面摆放着难度不一的静物。缜密细腻的线条，柔和完美的明暗过渡，恰到好处的质感塑造，以及无懈可击的整体关系。

这一切，都在泛黄的素描纸上幻化为流淌的旋律。

我没有任何绘画的基础，然而颜渊要求我画的第一幅素描便是卡拉卡拉——那个头发很卷的倔犟的将军。

颜渊给学生们作范画时我总是站在离他最近的地方。画石膏像时他起稿的速度极快，用两条长线与五条短线便能精准地确定五官的位置及脸庞的宽度，再用十五分钟把暗部整体过一遍色。他在第一次排线的时候用 6B 的软铅笔，线条粗犷而张扬。涂完一遍再用纸巾轻轻抹去，纸面只剩下一片模糊。之后再换为硬铅笔，细致刻画。

他在我的身边指导我如何起稿，让我眯起眼睛确定黑白灰的色调关系，之后便坐在画室的一角不再言语。我卖力地描摹着石膏像的外轮廓，许多原本柔软的线条僵死在画纸上。四周安静得只能听见铅笔排线的刷刷声，令人困顿难耐，备感无聊。“颜老师，帮我改改画，行吗?”一个清甜的声音浮在空气之中。我抬起头，视线里出现的是年轻女孩美好的面容。她的声音犹如一个气泡，过了很久才恍然破碎。颜渊抬起头，忽明忽暗的光线透过深褐色的窗帘跌落入他的瞳仁。他微微眯起眼睛，绕过几个作画的学生，来到女孩的身边。

“喏，改好了。细节塑造得很好，但还要注意整体把握。”颜渊起身，将铅笔还给她。

“颜叔叔……”我轻声叫他。

“嗯？樱桃?”

“我……不知道应该怎样画下去了……”

颜叔叔，樱桃，樱桃，颜叔叔。这称呼犹如惊雷一般响彻于女孩洛小米的耳畔。多么亲昵的称呼啊。

一种没由来的恨从她的胸腔腾起，随着血液的流淌，很快涌遍全身。

爱上一个人，便以为同他的关系是世界上最为美好的，甚至会因此而触动每一根神经，会密切注意着他的言行举止，哪怕是无心的动作亦会在自己心中无限扩散，水滴般逐渐浸染。但是，一旦发现存在另一个人与他的关系胜于自己，便不免患得患失。或许，还会在心中无端地生出怨恨。这种怨恨就像罂粟，美丽而蛊惑人心的花朵。

我的恨是没有错的，没有。我只是爱他，我怎能容他被别的女孩占有？他，是我的，是我的。女孩洛小米如此想着。

那种暗恋，源自少女内心最为纯洁与美好的部分。心房之中那若有若无的恋父情结丰盛地孕育并膨胀，结出美丽清洁的果实。就如同女孩洛小米，她的恶念并非未曾萌育，而是尚没有一条导火索令其轰然爆炸。那，便是一个谎，一个不解的谜。洛小米在这个谎言中以自己独有的方式安然地爱着颜渊。一切并未因此而改变。河水安静地流淌，日升月沉，草木枯荣。可颜渊是那样心思细腻的男子，他怎会感觉不到。然而，面对这份青涩未定的爱，他实在无法接受。太沉重。太荒诞。

“陶樱桃。”正在擦黑板的姑娘洛小米叫我。

我抬起眼，头被飞掷而来的物体猛然击中，很用力，像是有无数的怒火，无数的怨恨，无数的委屈。我愣在原地，右手下意识地摸了摸头发，之后看到柔软的白色粉笔屑衬着天光落到我的手心。我慢慢蹲下，左手抱膝，右手不停拍打着头发，希望粉笔屑能够少一些，再少一些，不要被颜渊看到，不要被颜渊看到。我能感觉出女孩洛小米一直站在不远处轻蔑地看着我。她在憎恨我吗？这种毫无来由的憎恨吞噬着我的骄傲。我多么希望自己能变得更加强大。

他来了，他来了。他走过来，俯下身，掌心轻柔地摩挲着我的头发。哦，不不不。

“为何不敢看我，又为何要抗拒我？这并不是你的错。起来，樱桃，站起来。”他温柔地命令着。

他把我揽在怀里，我的脸轻轻地贴着他的胸口。质地柔软的棉布，像极了他的手。我告诉自己，樱桃，不要哭，你是坚强的。纵然如此，依旧有温润潮湿的液体从眼中溢出，源源不断地落到颜渊的棉布衬衣上。突兀的泪，转瞬没了踪影，只在原处象征性地暂留下一片小小的痕迹。颜渊以一个长久不变的姿势搂着我，与一个慈爱的父亲无异。

下一刻，他决然地转过身，看着洛小米，冷然道："你记住——樱桃是我的女儿。"

我的女儿。任何人都无法取代的，女儿。

十六岁之后，当我已与当年暗恋颜渊的女孩洛小米年龄相同的时候，依旧时常想起那个下午。颜渊说完那句话时，女孩的神情瞬间定格，在我眼中无限放大，迷惘无措，犹如落单的候鸟。她的悲伤被刻上了夕阳的烙印，永远地沉入无边无际的冰凉的夜色。

颜渊对我画画并未有过任何语言上的期许，但是我知道他是在意的，在意我的进步，亦在意我作画时的情绪。他说若是把作画当做发泄郁闷哀愁的工具，那么画技便不会有长足的提升。他总是喜欢在我画画时站立于我身后，双手轻轻地按住我的肩膀。他说画者的心态要平和，若是不平，画风也终归会变得不堪。可是，我没有对他说，我是多么难以做到啊。是的，对于作画我终究还是厌倦了，激情不再，信念不再，让我何以支撑这卑微的爱好？颜渊尚未发现。他总是在为我改画时夸奖我的进步，尽管这种夸奖并不露骨，却足以令我羞愧。“还有一个问题……进步是有的，可是心是否有些浮躁了呢？切莫着急，只需慢慢地画。要用心描绘。樱桃。”

我终究还是无法违背自己的内心。那日傍晚，颜渊单独给我讲头像的画法。我坐在离他很近的地方。并非出于对知识的渴望，只是想同他坐得近一些，再近一些。他身上的气息令我迷恋，那是一种永远无法在年轻男孩身上找到的气息，亦不属于强悍粗鲁的男人。或许，只独属于颜渊。他轻轻托起我的下巴，手指是那样地柔软。“樱桃，头像与石膏像相似，但亦有许多本质区别……比如你需要画出人皮肤的质感与光泽，松紧关系，这需要用线的软硬来处理。”

他的手指滑过我的头发、我的眉毛、我的睫毛、我的眼睛，最终落在我的鼻尖。又从我的鼻尖缓缓向右滑去，直到我的耳根。对于他若有若无的轻触，我向来欣然接受，那会令我安然满足。而此刻，他却将此用于为我讲授令人生厌的绘画，这无疑亵渎了我们之间高贵的情谊。“樱桃，你看，耳根的部位与下唇线该是相平的……”他在我的耳畔轻声地说着，犹如梦呓。我知道，绘画是他的爱，他的生命，他的全部，而教给他的晚辈，他亦会从中获得幸福。“好了，我不想再学了！”我突然抬手推开他悬于我唇边的手。他愣神，许久才缓缓起身，沉默无言。我背对着他，可他的感伤与无奈却扑向了我，那么汹涌。

我踉踉跄跄地逃回房间，把头深深地埋进被窝，大脑一片空白。我伤害了他，我的颜叔叔，我最为亲爱的继父。身旁的手机突然响起，蓝色的屏幕上显示着："一条新消息 from 颜叔叔。"

"樱桃厌倦画画了么？厌倦了画画，讨厌它，鄙弃它?"

"是。樱桃讨厌画画了。无论多么喜欢的东西，最终也会有厌恶的一天。"

"那么樱桃也会讨厌颜叔叔吧？"

他，该是依旧在画室的吧。我打开房门，上楼，来到画室门口。画室的门微微敞开，我侧目望进去。他站在窗台边，手机握在手中，白色衬衣格外醒目。窗外夜色宜人，树木安静地呼吸，做着绿色的幽梦。我轻轻推开门，他不曾注意到我在他的身后一直看着他。他的背微微有些驼了，那是时间送给他的最残忍的礼物，还有他的发，其间闪耀着微弱的白光。我走过去，从身后紧紧环住他，面颊贴着他的后背。他身子一抖，手机落在地上。我终于哭出声来："你本该知道，于我而言，你是最为重要的。讨厌你，我还未曾学会。"

“是你刚才的言语令我绝望。你说无论多么喜欢的东西，最终亦会厌恶。”

“除了颜叔叔……永远。”

“我是否应该把它当做小孩子经不起时间考验的誓言呢?”

“当然不能。若你敢如此对待这句话，我会生气的。”

“那么，我定然是不敢了。”他笑着。

樱桃会永远爱着亲爱的颜叔叔，永远永远。这是十五岁的我在那一夜的日记上写下的第一句话。

[与林戈的凌晨告别以及崭新的生活]

我从回忆中猛然惊醒，哀伤与甜蜜交融成一剂无法辨别原料的毒药。

我身边摆放着一个精致的陶罐——深褐色，矮胖的身躯，摸上去光洁如冰，如今夜的月色。罐口处刷了一层白漆，刚刚具备了向下流淌的趋势便已干涸。陶罐旁是几颗樱桃，梗是暗绿色的，果实的背光处呈现暗红色，受光面则几近透明。小小的高光水滴般氤氲开来，使它们变得高贵不已。我想要把它们轻轻含在嘴里，用舌头挑逗，给以世间最温柔的爱抚，然后

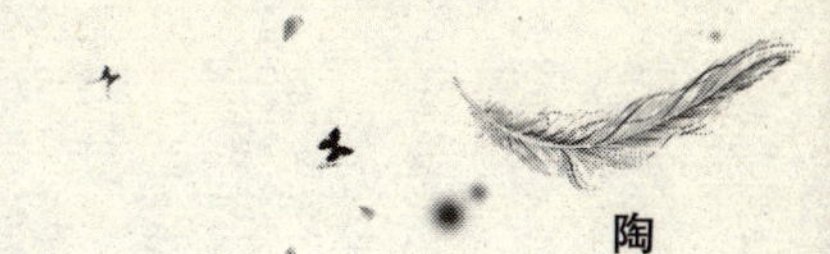

咬开它们的皮肉，让鲜红的汁液浸染我洁白的牙齿。

记得幼时父亲时常为我买回樱桃。暮春初夏，樱桃刚刚上市时并不甜，价格亦是昂贵。但我却爱极了。酸酸的，略有些苦涩，口感细腻。吃樱桃时我总是拿起一颗，定神端详，缓缓地将之放于口中，用舌头与它们玩耍。待到它们变得温暖，再缓缓咬下——直到触碰至核方停下，汁水迸溅而出，依旧冰凉。樱桃决然地死去，支离破碎。我将核小心翼翼地吐出，那是它们曾存活于世的唯一凭证。我的快感无法言喻。

可是为何今夜如此频繁地想起父亲，那个与颜渊截然不同的男人？

“林戈还没回来，十二点了。”颜渊突然这样说。

“嗯。”我难以分辨他的情绪。

“樱桃累了么？”

“不累。”

“再坚持些时候吧，还有两个小时就画完了。”

“好。”

我抬起头看了看窗外，月非满月，且笼罩着一层阴影。传说死神时常在这样的月夜出没，寻找灵魂偏向阴暗的人。墨蓝色的天光勾勒出窗外树木苍老的轮廓。天空被树枝分割开来，无比零乱，有些地方微微发光，而有些地方依旧是死寂一片。

不知今夜又会有哪个灵魂偏向于阴暗之人被死神带走。

父亲死了。是被林戈杀死的。那个卑贱的女人性格中骄傲的成分在住进秋暝路三号之后便开始蠢蠢欲动，奢华富足的物质生活令她心中的羞耻感渐渐苏醒。然而她却并非羞愧于自身的不洁，而是羞愧于曾受丈夫虐待的灰色过往。于是她在我生日的前一夜带着一把匕首悄然回去，并将它插入了前夫的胸膛。流淌的鲜血也许令她兴奋癫狂过。她为颜渊煮了最后一杯咖啡，然后前往警察局自首。

颜渊将这一切转述于我时，一直在不断地思考应该用何种措辞才会令我更容易承受。他知道林戈并非我的伤，真正令我痛彻心肺的是我的父亲。他品性忠厚，性格沉郁，却无法寿终正寝，这何尝不是上帝开的一个玩笑。

林戈低垂着头，蹲在监狱的角落里，逆光的影像黯然冰凉。我与颜渊出现在她的面前，犹如神祇，一小片光线落在了她的发间。“林戈，有人来看你了!”她突然站起身，踉踉跄跄地向我们走来，立在我面前，面色愈发苍白了。突然，她的身体犹如失去了骨头，慢慢地滑落下去。她重又蹲下，两行闪亮的液体从眼中缓缓流下，晶莹剔透，顺着脸颊凹陷的弧面一直滴落到地板上。啪嗒。啪嗒。颜渊侧身，示意我暂时回避。我伏在门后，透过白炽灯的光看着颜渊轩昂的身影。灯影模糊，摇摇晃晃。他的头微微低垂，破碎的字句断断续续地飘入我的耳朵。

“我想知道，究竟是怎样一个男人被你怨恨了如此长久的时间。”

“任何事情皆可从头再来，你这又是何苦。”

“心中有恨，便不能摆正心态。难道你要让樱桃也成为满心怨恨之人吗?”

他转身示意我过去。我走近颜渊，走近冰冷的钢筋牢笼，走近林戈。她满眼含泪，无声地哭泣着。我例行公事般伸出右手，用食指轻轻拭去她脸上的泪。然而旧泪未干，新泪便又流淌下来。颜渊自始至终都牵着我的手，攥得很紧，我略感疼痛。事后他解释，彼时萌生了荒诞的念头，以为林戈会把我从他的身边掠走。

探视结束，颜渊牵着我离开了那间屋子。那里那么潮湿，几乎要滋长出绿色的森森入目的青苔。

此后便是我与颜渊两人相依的生活。于我而言，这曾是遥不可及的幸福，与我相隔着无法丈量的远。而现在，幸福生生不息，伸手可触，却令我措手不及。十五岁的深秋，林戈对颜渊的爱令我深感恐惧。于是我费尽心思去学习之前从未接触过的东西，例如烤制蛋糕、榨新鲜的果汁、缝补和熨烫衣物。我曾在颜渊一件深色的睡袍上绣上了银色的美丽花朵，低调而颓靡。最终，如我所愿，他在惊愕之后俯身深深地亲吻了我的额头。待这一切结束，我蹲在地板上，突然落泪。英雄都是孤独的，我如此英勇地与林戈争夺着颜渊有限的爱。我想，假若把一个女人该做的一切都学会，那么我就不必再惶恐，再忧郁，再不安了吧。

林戈入狱之后的第八个夜晚，颜渊在我心中变得清晰而立体。

他的过往，于我而言已不再是悲伤的谜。

你在江南轻薄的晨雾之中醒来，空气是潮湿的，轻柔地覆在你身上。睁开眼，眼前本该有张小女孩的面容。可是，她在哪里呢？是在遥远的北方么？还是已经安睡在无人知晓的天堂？囡囡，囡囡。你仿佛听见她在唱歌，歌声多么美啊，犹如一朵朵白云飘散在四周。幻境之中，她且歌且舞，来到你面前。你从镜中看到自己，是苍白的少年，眉宇间的忧郁仿若一朵花，妖娆地盛开。

“爸爸。”她轻轻柔柔地叫你。声音是稚嫩的。犹如薄脆而透明的瓷。

日日夜夜，小女孩的模样在脑海中逐日磨损，无法辨清。然而她清脆的声音却如梦呓，时时刻刻回响在你的耳边。时间轻歌曼舞般流淌而过，年轻逐日沉淀为一种无法言说的厚重，心底有柔软的部分被唤醒。囡囡，囡囡。你所怀念的，已不再是那个女孩，而是呼唤她名字时感受到的全部温暖。囡囡，囡囡。

“囡囡。”颜渊的唇间缓缓吐出这两个音节，“允许我这样叫你……吗？”

“我不是她的替代品。我是我。樱桃。”

我是樱桃。

无人能够取代的，樱桃。

他终于完成了那幅画。画上的樱桃有着浅浅的笑靥以及绯红的面颊。我甚爱它，将它放于卧室中，好好珍藏。

［亲爱的水手］

十八岁之后，我预感自己将要离开颜渊。梦境之中出现一条船，逆水而来。或许，是他会离开我。

我想，也许海便是我的归宿，或许我会在海的掌心中得到安抚。

爱上男孩夏沙是因为他充满奇异细节的穿着。当然，最初被他吸引，终究是因为那张令人无法忽视的面孔。事实上，在此之前，我一直以为颜渊已经给了我所想要的一切，爱抚、亲吻、拥抱。然而他却犹如平静燃烧的火，难以迸发出激越的焰。夏沙不然，他是年轻的，因此多了一份桀骜不驯。他是善良的、温情的，也是苍白的——他的面色同我一般有着病态的苍白。漆黑的头发柔软地掩过额头，只留出一双眼，眼神时常迷离不清。

我在十七岁的秋季认识他。颓败的黄色刺得人满眼悲凉。只是过程早已被我们忘却。

是上帝让我认识你的，樱桃，我们无需在乎那蹩脚的开场白。

我亲爱的男孩夏沙是疯狂的画者，是神经质的琴师，是时常出海远航的水手。当然，亦是爱我不渝的天使（他说，这重身份最为重要）。为了他，我开始认真写字，写各种小说，主角都是年轻英俊的水手。从少年时代保留至今的写日记的习惯使我在写小说时无比流畅。在我心中充斥的热气球一般的爱亦不断膨胀，逐渐变得丰盈饱满。除此之外，我重拾画笔——

这，也并不是件难事。

平日里他总是穿灰色的棉布衬衣，黑色的裤子很长，被样式迥异的板鞋撑起。我喜欢极了他在穿着方面那些有意无意的小小细节，例如裤脚有时一只拖到地上一只掖在鞋子里，抑或，全部拖到地上磨开了线；他的衬衣有时会开两个扣，有时会开三个，待到开了四个扣时，便能轻易看到他的脖颈，锁骨犹如女人般纤细精致；他脖子上的十字架是银色金属的，冷而坚硬；左手腕上戴了四根手链，右手腕上空无一物，除却一道突兀的伤疤。

他对我说的第一句同爱情有关的话是：你的面色太过苍白，需要用亲吻来使它红润。之后他便俯下身吻了我，我能感到自己苍白已久的脸上真的奇迹般绽放出绯红的花朵。

我的一切关于水手的小说发表在各个杂志上，这使我获得了不菲的稿费，以及于我而言根本无用的读者来信。我没有将这一切告诉颜渊，他不知道我在写作，并且重拾了画笔。事实上，我已经很久不曾与颜渊充满激情地交流，甚至很少回家——我与夏沙住在一间租来的房子里。我用给杂志社写字以及画插画赚来的钱支付每个月略显昂贵的房租，以及我们的日常开销。我的男孩夏沙是个花钱近乎疯狂的人，除了买昂贵的颜料与纸张，似乎还要买其他的什么东西，只是，我并不清楚，也从未过问。

那日回家取过冬的衣物。颜渊听到开门声，便从二楼走下来。

“樱桃回来了。”他淡淡地说了一句。

“回来取些衣服……也来看看你。”

“呵。”他笑。“好吧。”

他自始至终都坐在客厅的沙发里，抽着烟，一言不发。他穿了一身黑色的衣服，犹如教堂的牧师，企图拯救人类虚无的灵魂。肌肤依旧细腻，只是皱纹似乎更深了些；眼睛依旧年轻，只是眼神似乎怅惘了些。他的焰已灭，死灰不能复燃。

“你能让我把十六岁时你送的生日礼物带走么？”我问道。我喜欢极了那幅画，因为画上的樱桃永远有着绯红的面颊和浅浅的笑靥。若有一天我容颜凋零，因为那幅画便也可以心存慰藉。

“难道你要让自己与这个家一刀两断么？”他的语气突然变得冰冷决绝，继而又缓和下来，令人心疼，“连个让我念想的事物都不愿留下，是么？”

“你知道，我不是这个意思。”

“囡囡……”他开始变得游离，陷入幻觉。

“我是樱桃。”我冷淡地回答。

“你在写作，并且在为杂志画插图，对么?”

“对。”

“你恋爱了对么?”

“对。”

“那……”他轻叹了一口气，“改日，带他回家来吧。”

我与夏沙曾经脱光衣服然后为彼此作画。人体是上帝赐予的最美的礼物。可当他脱掉上衣时，我顿时愣在原地，气氛在那一刻变得有些突兀，而我不知该如何缓和。那是男孩夏沙第一次将身体毫无保留地呈现在我面前。突兀的伤疤犹如蜿蜒的爬虫，一道一道令人生悸。“感到吃惊了，对么?”我说不出一句话。男孩高傲地笑着，“这是大海授予我的勋章，她只会授予敢于征服她的勇士。”我抚摸着他的伤疤，那诉说着他的勇敢与不屈的勋章。“我心中的英雄是霍雷肖·纳尔逊——英国帆船时代最英勇的海军上将。你知道他么，樱桃?”他的唇薄而柔软。

他默默无言地穿上棉布衬衣，从书架上取出一张 DVD，放进影碟机。

在庞大的黑暗之中，我们依偎着蜷缩在沙发里，观看那部名叫《汉密尔顿夫人》的影片。

夏沙捧起我的脸，我能够看到他的眼睛，是纯色的，明亮而澄澈。“我一直有一个愿望，就是有一天能够同我所爱的姑娘共同观看这部影片——这部在我还是个孩子时就非常迷恋的影片。知道么樱桃，我曾经阅读过关于纳尔逊勋爵的很多文字。在特拉法加海战之前他曾匆匆写给汉密尔顿夫人一封信，在信中称她是‘我最亲爱的和最被爱的埃玛’‘我爱若生命的你’。呵呵，樱桃，你说多么不可思议，在一个保守的国家，竟会有人如此露骨地表达情感。有时我会在睡梦中与他相见，他的面容清晰而锐利。他对我说，孩子，我在这里。”

“我最亲爱的和最被爱的樱桃。我爱若生命的你。”

我爱若生命的你。

爱若生命的你。

我决定带他回家看望颜渊。夏沙显得异常不知所措。他曾经看过颜渊的

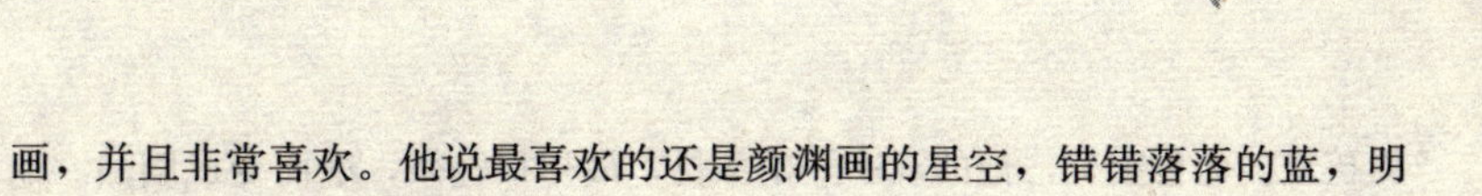

画，并且非常喜欢。他说最喜欢的还是颜渊画的星空，错错落落的蓝，明亮的星有着令人掉泪的温柔。

“画如其人，尽管他的画风温柔而细腻，可不知为何，我总能从色彩调配上觉出极为厚重的阴郁。我有些怕见他。他必然是个锐气逼人的男人。”

“不，那是你的错觉。他的温柔与包容总令人感到妥帖安稳。”我如此安慰着他，心中却难以安宁，似有什么不祥的预兆。纵然从十四岁便与颜渊在一起生活，可我并不完全了解他。也罢，人活一世，谁又能完全了解谁呢。

“你……就是夏沙?”颜渊的脸上没有笑容，紧盯着男孩的脸，似乎想要把他看穿。

“是。”

“你是水手?”

“是。”夏沙的声音很小。

“你会爱樱桃不渝吗?宠爱她娇惯她不让她受任何委屈?”

男孩夏沙面色突变。他的双手开始颤抖，最初很轻微，继而变成剧烈。他的脸变得更加苍白，并泛出了可怕的青紫。大颗大颗的汗珠顺着额头流下，呼吸急促得令人恐惧。“夏沙……”我试图上前扶住他，却被他失态地一把推开。他夺门而出。我呆站在原地，回过头，颜渊的笑容深不可测。

五分钟之后夏沙重新回到我们面前。他没有回答那个问题。

“你和樱桃可以离开了。”颜渊笑着说。

我没有追问夏沙那天究竟怎么了，他也不曾对我提起。我们假装一切都未曾发生。偶尔，夏沙会直到深夜才回家。他说和朋友在酒吧喝酒，我相信。充满猜疑的生活只会令自己与对方都疲惫不堪。

那日清晨，我接到颜渊的电话，“回家来，我有话对你说。”

“我要你离开他，樱桃。他不是适合你的男孩。”颜渊依旧平静。

“我不会离开他。你没有任何让我离开他的理由。我爱他，非常爱。”

“我知道你不会答应。”颜渊轻蔑地笑了，继而从身旁的抽屉中拿出一叠照片扔到我面前。我略带疑惑地捡起，顿时惊呆了。照片上的夏沙独自在酒吧抽烟，不远处有眉眼妖冶的女孩，如出一辙的轻贱模样令我想起林戈。

原来夏沙在吸毒。难怪他如此苍白，难怪他除了买画具以外还要花很多钱，难怪那日他在见到颜渊时会突然失态……

“吸毒者的目光向来是畏缩的，他们无法直视他人，一如蝙蝠惧怕阳光。”颜渊淡漠地说，“看到他的第一眼，我便知道他在吸毒。他的失态更加印证了这一点。只是我想不通，难道他在你面前从未失常吗？”

“从未。”

“哦？”颜渊的眼睛微微眯起，“或许——他是真心爱你的，他不愿把不健康的自己暴露在你面前。”

“他已经出海了，就在刚才，大概几年也不会回来。”颜渊继续补充着。

在那之后漫长的时光里，我试图用大片大片的回忆弥补灵魂的空洞与精神的苍白。每当回忆行至与夏沙相拥着窝在沙发里看《汉密尔顿夫人》时，我都会感到莫大的幸福。我生命中的第一个男孩，我想念他苍白的手指与英俊的面容，以及他对我的不渝的誓言，那注定将弥漫一生的寂静美妙的誓言。

直到来年的春天，我终于再次得到夏沙的消息——他所在的那艘船遭遇海难，无人生还。

我抬起头，云朵虚无。透明而薄脆的春天令人迷幻。

那一刻，我分明看到英国帆船时代最为英勇的纳尔逊勋爵正对夏沙的亡灵说，来吧孩子，我在这里。

[暖]

玻璃上结了一层厚厚的霜，窗外的风景一片迷蒙。我将手指按在玻璃上，融出一小片清透。冰凉的液体顺着手指流淌下来，发出若有若无的声响。我看到夜幕下的飘雪，犹如花朵。我开始怀念十九岁之前居住的南方城市，几年不曾落雪，冬天亦冷暖适中。

我时常会在梦境中见到五年前的颜渊，白色的毛衣，蓝色的仔裤扎进了高筒靴里，可靴子依旧很宽大。他看着一言不发的我，俯下身亲吻我的面颊，然后转身问我的母亲林戈，这就是你的女儿樱桃么，多么可爱而特别的姑娘啊。

身旁再也没有任何的男孩。心仿若已经死去，容不下任何男女之爱。除却颜渊。

青春的躁动已从我的体内慢慢消退，整个心便也沉静下来。曾经以为悲伤得无法释怀的事早已云淡风轻。我时常会隔着时光之河观望彼岸少年时代的自己，站在沦陷的青春中手足无措凄然不已。我想告诉她其实一切都是长堤一痕，沧海一粟，过眼云烟。

那个在年少时被忽略的真正关爱我的人，现在却占据了我心中最重要的位置。我至为想念颜渊，想念得近乎发狂。而且，又何止是想念他，还有秋暝路三号那栋布满爬墙虎的红房子，那里有我少年时代的爱与依恋，以及所有的芬芳。

依旧是写字，为杂志画插图。每次收到样刊之后，也定然会给颜渊打电话。那在很长一段时间里成为我坚持写字的动力。文章未曾发表之前我拒绝同他有任何联系，任凭想念膨胀得令人崩溃，亦要克制。只有用理智控制自己情感的人，才能成大事。

“颜叔叔……”

“樱桃吗?”

“我想念你。”

“我知道，我也想念你。”

“我……”

“嗯?”

“我想看看你……”

“……我们，也半年不曾见面了吧?”

“可是，我不想回去。”

“为什么?”

“因为……樱桃一直爱着她的颜叔叔。爱一个人，便不能轻易看望。要让这种想念留在心中，开出美好而芬芳的花朵。”

“你又何苦这样克制自己呢，傻姑娘。这半年来，我也一直在想念你。回来吧，让我看看，樱桃是否变得更加成熟且优秀了……这次打电话给我，是又有新的小说发表了?”

“嗯……这次……是……写给……颜叔叔的……”

“哦？是吗？写的什么？”

“我写的是，樱桃会永远爱颜叔叔，永远永远——这，也不过是重复我十五岁日记本上的那句话而已。”

“傻孩子啊，”他叹息，“你还年轻，尚不知爱为何物。回来之后，你便会发现，颜叔叔又老了。”

“他的苍老与颓丧会让你失望的。”他补充着。

“难道颜叔叔一直以为樱桃的感情是出于少年的浅薄无知，抑或内心的空洞苍白么？若如此，便是大错而特错了。这些日子我一直在自省，其实人与人之间的爱相差无几，只在于发现与否。而对你的爱，我确信，并非时间所能改变所能击垮，那是坚固的城墙与堤岸。当初仅想要离开你的庇护而独立生活，待到有了成就便陪伴在你身边，偿还之前你为我付出的一切，甘之如饴。不错，我是发现了众多美好的风景，但并不代表它们比昔日的更美好。对溪流的热爱与未曾见过大海无关。溪流的温柔缠绵是波涛汹涌的海永远无法企及的。知道么，曾经那个放肆浅薄的女孩已经决定告别矫情的忧伤，以一种郑重而诚实的姿态生活，纵然这种姿态会为她带来诸多苦楚。然而为了她的爱，定然无悔。”

电话那端是长久的沉默。

“对了，我买了一尾漂亮的热带鱼——我叫它樱桃。”

“……樱桃，我有些累了，晚安。”这是他那夜对我说的最后一句话。

我曾以为那句话是对我的敷衍，但事实上，他是真的疲倦了。

是否与死神相隔咫尺。你坐在医院空荡荡的走廊上，双手掩面，呜咽不止。恍惚中看到一个黑衣人走进病房，无法辨清的面容。你疯狂地拉住他的袖，睁开眼却发现只是一场梦。手术室的灯一直亮着，而你刚刚填写了病危通知书上“是否与病人为直系亲属”一栏。你提起笔，想也不曾想地写下一个字：是。

悲伤总会在回忆的岸边越来越淡漠。快乐的回忆在黑暗的长河里越来越清醒。

十四岁那年，在那个犹如城堡一样的暗红色房子中，我第一次见到了亲爱的你；

十五岁那年，你教我学习画画，可我半途而废；

十六岁那年，我生日的那个午夜，你把我画成了脸颊红润面带微笑的姑娘；

十八岁那年，我爱上了一个男孩而疏远了你，你却从不轻言失望。

大爱无言，大爱稀声。概莫如此。

你对我的付出，我只知挥霍，却不曾偿还千万分之一。

你是我最为亲爱的人——现在，对此，我已不再怀疑。

手术灯熄灭了，年轻的医生走出来，摘下口罩，面色淡漠。

“不会有生命危险。不过，他已失去全部记忆。”

玩偶

星光将于今晚落满你的双瞳。
我的爱。

1.

夏天的雨水总是那么充沛且丰盈。

下课铃响起之前安司早已经把书包整理好放在了桌子上。老师走出教室的下一秒，他便立刻把黑色的 NIKE 书包往肩上一搭，匆匆离开。

有风。他走到校门口的时候落了几滴雨。

雨越来越大，被风吹斜，像是缜密的素描阴影。雨在空气中发出淅淅沥沥的声响，落到地上翻转出小小的花朵，溅湿了安司黑色的 T 恤和裤子，使它们湿漉漉地毫无生气地粘在安司苍白的皮肤上。

雨丝毫没有要停的意思。住校的学生把脑袋从屋里探出来，又迅速缩回去，像怕被人砍了头似的。

然而这个空洞的世界却突然出现了无数的人。他们出现在雨天，他们奔跑在雨中。

身边是两个撑着伞的女生，在屋檐下翘起脚，其中一个看到安司，愣了一下，迅速转过头去对同伴吐了吐舌头。安司装作不知，把头转向一边。在雨水下落的间隙，两个女孩的对话如海潮般撞击着安司的耳膜。虽然在此

之前类似的话语已听过无数次，但心房仍会隐隐作痛。

“你看那边那个人……皮肤那么白还穿黑衣服……真像鬼啊！”

“头发也是白的耶，是不是白化病啊？”

“嗯，有点像。”

两个女孩同时把头转向安司，看了一眼又迅速转回去，四目相对，吐了吐舌头。安司一句话也没讲，迅速离开，边走边摸出手机拨下一个号码。两秒钟之后电话里传来一个女人的声音：“You have only little money.”安司在初三的时候就知道“a little”在不可数名词中是肯定的意思，而“little”恰好相反，所以，他把手机拿到眼前，盯着屏幕低声嘟哝了一句：“又没钱了，什么破玩意儿啊……”

基本上，安司长得还算英俊。除了皮肤和头发。

安司的外婆告诉他，十七年前安司降临到这个世界的那一刻，他的父母差点昏过去。刚刚出生的安司皮肤和头发都是那样凄惨的白。诊断之后确诊为白化病。安司的父母刚开始实在接受不了这个现实，不过后来让他们深感欣慰的是，除了头发和皮肤的颜色不太正常之外安司还算是个很漂亮的小男孩。从幼儿园到小学，安司一直都是一个开朗得像个傻瓜一样的男孩，所以他父母多年来一直悬在嗓子眼的心也慢慢放了下来。

小学生不会讲多么伤人的话，最多也就是：“安司，你的头发和皮肤和我们都不一样哦！”

安司一边打篮球一边冲他们大声喊：“这样我在人堆里才不会像你们一样不起眼啊！”

命运的第一次转折是在初中刚入学的时候，老师让同学们自由安排座位，没有人愿意和安司一起。安司默默地坐在最后一排，清晰地听到前排女生的对话：

“后面那个男生好吓人。今天晚上估计睡不着了……”

“是啊，好像鬼啊……”

“我们坐在他前面简直太可怕了！”

“嗯，下课就去找老师要求换位置吧。”

……

这些事情，每当想起也只是难过一小下而已，很快就过去了。

安司从未想过自己的未来是什么样的，就如同他从未想过有一天自己居然会被那么多原来根本不相识的人取笑；就如同他从未想过自己有一天居然也会长大；就如同他从未想过自己有一天会爱上一个女孩。

初二的下学期，他默默地喜欢上坐在附近的一个女生。其实安司一直都觉得，就算肤色与别人不同，别的地方和大家都是一样的，自己同样有权利喜欢女生，送她浪漫的玫瑰与情书。于是，安司就这样做了。

暑假。漫长的。无聊的。暑假。安司从书店里搬回来一大堆字帖，像模像样地练起字。抑或在图书馆一坐就是一天，把头扎进情诗里欲罢不能。

从图书馆出来的时候天边已泛起微红，无数飞鸟滑过，遮天蔽日。安司揉了揉眼睛，把胳膊伸向天空，“暑假什么时候才能结束啊!”落日余晖里的安司皮肤苍白，眼睛像小孩子一样眯起，脸上是满足的笑。

“哦耶!”走在路上踢着石子，他嚣张地叫嚷。

开学的第一天早晨，安司站在镜子前面花了半个小时把自己白衬衣上的皱褶整平，把自己苍白的头发梳得一丝不苟，并且喷上了薄薄的发胶，最后用爸爸的剃须刀剃掉了下巴上刚刚冒出来的胡茬儿。做好这一切，他满意地抱着胳膊欣赏起来，如同刚刚完成了一件杰作。从花瓶里抽出两枝玫瑰，背上书包往学校一路飞奔。

夕阳照穿了一整条街道，安司模模糊糊的影子被光芒侵蚀。

那些电影镜头中出现过的拥吻，那些男孩的白衬衣和女孩的百褶裙，那些昏黄街道上手拉手散步的场景都没有在那一天出现。安司把手交叉放在脑后，依旧漫不经心地踢着石子。如果此时镜头变焦，焦距再向安司的眼睛靠拢一点，便可轻易发现从中流露出的深深的悲伤。

影像飞速倒退至这天中午，同学们都在操场嬉戏。教室里，安司拿着两枝玫瑰，面对着那个女生。

“你的眼睛……落满星光的双瞳……爱……”见鬼，背了那么久的诗居然会忘掉！

女生站在安司的面前，一脸不耐，眼神飘忽不定。

“想说什么啊？”

“呃……这是我送你的玫瑰……谢谢……”安司把玫瑰递到女孩面前，闭

上眼期待自己希望的那一幕能真的发生。可当他再睁开眼睛的时候却看到——

几个男生走进来，穿着T恤，袖子挽到肩上，露出稚嫩的肌肉。因为他们的不期而至，空气中立刻弥漫起了汗味。阳光微微有些模糊，安司的脸变得更加苍白。男生们发现了他的异常，继而开始夸张地大叫："鬼啊……"

"那鬼在干什么？"

"告白么？"

"哈哈，向女鬼告白么？"

"谁知道。"

在刺耳的叫嚣与嘲笑中，女孩用冷漠的神情看着安司，一字一顿地说："以，后，不，要，再，骚，扰，我。因，为，我，不，愿，意，和，鬼，在，一，起！"

下一个镜头——安司手中的玫瑰被女孩打落在地。他一下子惊呆了，双手立刻缩回到裤缝两边，像个犯了大错的孩子，不知所措。女孩头也不回地走了。路过教室门口，对那几个摇晃着矿泉水瓶并且露出放肆笑容的男生说："那鬼和我告白？搞笑!"

他们三三两两地踩着安司的玫瑰走回自己的座位。

"那鬼有资格告白么?"

"大概只有向女鬼告白的资格吧。"

"哦哈!"

安司没有说话，只是弯下腰把那些早已分辨不出模样的玫瑰拾起，放入口袋。天空中突然响起了沉闷的雷声，回忆层层滋生，吐出嫩绿的叶。然后，下雨了。安司跑到操场上，瓢泼的大雨将他从头到尾淋湿，却勾起了早已遗忘在大脑皮层最深处的诗句："星光将于今晚落满你的双瞳。我的爱。"想起这句诗之后安司轻蔑地笑了，白色的头发湿淋淋地贴在皮肤上，如同冬日落下的温柔的白色花朵。

从那之后安司有了自己的姿态，作为一个十六岁的男孩的姿态。它们轻歌曼舞地涂抹着安司心中的那张白纸，然后一切都面目全非。夏日里丰沛的雨水和被打落的叶子见证了安司的蜕变与成长，并且为他不分昼夜地高唱挽歌。

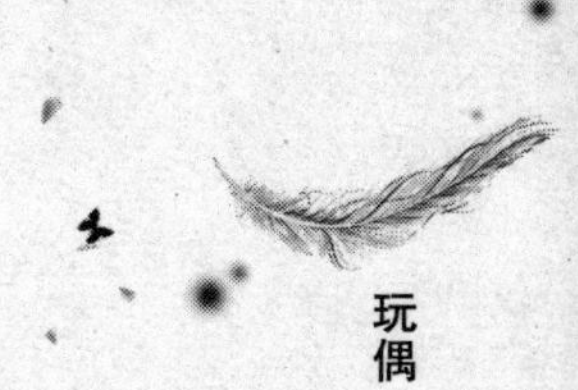

黑色的T恤，黑色的长裤，黑色的书包。这是从初三上学期到高一下学期安司坚持的装束。他曾试图穿卡其色的衣服，但那片黄色仿若那些起了褶皱的灵魂，肮脏且绝望。

2.

移动营业厅里很多人在查询话费，安司低头默默等待。“怎么这个月会花这么多钱?”有顾客的询问撞进耳朵，安司皱了皱眉，觉得这句话在说自己，这个月几乎没有怎么打电话为何会花掉如此多的钱。他将视线移向窗外，雨水沿着玻璃的纹路纵横交错流淌而下，如湍急却温柔的河流。一个四十多岁的女人可能是在为女儿缴话费，她像是被火烧到了一样尖叫道：“怎么会超了这么多？怎么会?”

“是不是有移动梦网?!”女人尖声问道。

工作人员是个微胖的男人，他看了看电脑对女人耸了耸肩，表示没有。

冗长的电话记录单被一点一点打印出来，安司忍不住倒抽了一口冷气，怪不得超了这么多。女人脸上的表情越来越生硬，然后头也不回地离开了。

安司坐下来。窗外依旧是安静的雨，淹没了一切纷杂。

“我要充一百块的话费。”

工作人员看了看他，什么也没说只递给他一张一百块的充值卡。显然安司对此非常满意。他站起身，抚平裤子上因雨水浸泡而微微泛起的褶皱。

走出门，依旧在下雨。雨水如同水墨一般氤氲了安司苍白的身影。

画室中的阳光竟如此明媚。来年坐在离阳光最近的地方，纯净的双瞳在阳光的碎片下闪烁。那些灿烂的碎片划过来年的画笔，划过来年的掌心，划过来年所有的爱和期待。她用小刀把铅笔削好，然后把细腻的阴影一点一点地涂抹在素描纸上。阳光打向画纸，发出微响，泛起点点斑驳，于是画纸幻化得和阳光一样温柔，如洒落的水银。

画室隐匿于一个叫做“观象山”的地方，那里到处长满了绿色的高草。它们绿得几乎失去控制，生长得那样狂放不羁，与天空的苍蓝搭配得极为和谐。来年总喜欢站在高草丛中，让自己黑色的装束与云朵、天空还有高草纠结，然后任夕阳灿烂地划过，只在眼周留下一抹绚丽。远处是恢弘的基督教堂，拥有坚固的红色墙壁。十字架高傲地刺破天空，渗出淡漠的红。

来年喜欢以各种角度去观察教堂，并且描绘。她的画上布满致密的阴影，

是用银灰色的影一层一层地涂上去的。很多时候她会拿起铅笔衡量教堂的比例，然后把所量好的一切恰到好处地搬到纹路斑驳的纸上。

来年并不是个漂亮的女孩，但很独特：她总是喜欢用男式的烟灰色棉布衬衣将自己包裹起来，穿宽大的黑布长裤，头发凌乱而浓密，手腕上戴着各式各样的手链，穿灰色的很大的球鞋。她性格孤僻而凌厉，漆黑的眼中是化不开的冷漠，绝少与人交谈。画室里的学生一天之内见到的最多的情景大概就是来年拿着自己的素描让老师点评，然后再默默地回到座位上修改。毋庸置疑，来年的素描是班上最出色的，深得老师喜爱。

基督教堂，一个十字；天主教堂，两个十字。

美术老师是个普通的男人，一张圆润的脸，一双明亮的眼睛。他是个虔诚的基督教徒。他曾经对来年说，一个人有信仰是一件好事，可以在陷入逆境时仍有精神的寄托，且不自卑。

来年认识安司是在去年冬天的一个夜晚。来年有自己的网站，叫“彼岸来年”。彼岸。来年。清凉寂静的感觉。在黑色的彼岸盛开着硕大的猩红的花朵，兀自开放又兀自颓败，时光流转等待来年的花期。来年喜欢在午夜把自己的文字贴上去，阴郁却精致。黑和灰一点一点蔓延上来，见不到阳光。来年原本以为自己的网站仅仅是这个虚幻世界当中的一粒微尘，如烟花一朵，默默盛放又默默消失。可是，她的网站浏览量却如同潮水一般涌动上升。很多人喜欢看来年的文字，并会留下只言片语，说那些文字让他们尖锐地疼了。看到这些留言的时候来年脸上依旧没有表情，只是嘴角会固执地牵动一下。

直到那天，看到那个署名为 ANS 的人留下的话，来年嘴角的牵动瞬间移至心脏。显示屏在夜里散发出的暧昧的幽蓝映入来年漆黑的瞳仁，一点一点地幻化，终成一片空明澄澈。她加了他的 MSN，他刚好在，生机勃勃的绿色头像。

来年：你是懂我的人。

ANS：未必。只是你的文字让我想到了很多。

来年：是么？那也不错。

ANS：精致阴郁，直抵内心，一种足以让人疼痛的力量。

来年：很钝重的疼痛？

ANS：对。而且在鲜血喷洒出来时一双手恰到好处地捂住了嘴。无法喊叫。

来年：或许。

两个陌生人以这样的方式断断续续地交谈。来年用破碎的文法向 ANS 表达着自己的想法。毫无保留，抽丝剥茧，熠熠生辉。窗外，这座城市又开始坠落安静的雪花。来年重新倒来一杯柠檬汁，抱着膝盖坐在窗台上。原来时光就是这样不可挽回。站在蒙胧的河岸驻足观望，看到十七岁的自己脸上温暖的弧度正在一分一秒地发生着变化，最后终究冷漠得无法感知内心的温度。

很多时候，来年都会觉得 ANS 的话语中有种不可抗拒的力量，略带温暖，如同春天即将到来。

整个冬天，来年都是在午夜时 ANS 的述说与素描的阴影中度过的。

寒假后来年回到画室继续画画。许多孩子穿着过年的新装，有着艳丽的色彩、时尚的样式，而来年依旧穿宽大的粗布裤子，男式毛衣，头发凌乱而浓密。画室里没有任何与节日有关的物件，一切都是过节之前的样子。唯一不同的是，来年面前那些冰冷的石膏已经换成了青椒、茄子和陶罐。老师看了看其他的孩子，说：“你们继续画石膏。”然后把头转向来年，“现在你可以画彩绘了。”

来年苍白的脸上沁出了细密的汗珠，她双手揪住衣角，没有动。

“怎么了?”老师问。

“我……我分不清……那些颜色……”声音微弱得几乎听不到“颜色”两字。

那一瞬间所有人都愣住了，寂静无声。来年把头垂下。议论如涨潮的海水一点一点地蔓延，直逼来年的心脏。

“啊，她居然是色盲哦!”

“怪不得她总是穿灰色和黑色的衣服。”

“色盲来学什么画嘛!”

来年抓起画板跑出了教室。其实早在五岁那一年来年就被确诊为色盲，分辨不出任何色彩。这个噩梦成为来年生命中不可褪去的污垢。隆冬的街巷，在某个角落里堆积着一捧一捧的雪。来年背着画板一直跑一直跑，在一间网吧前停下。二十四小时营业的网吧。走进去。

登陆 MSN，然后看到 ANS 生机勃勃的绿色头像。来年的眼泪一涌而出。

拭干眼泪，ANS已抢先一步发过来一条message。

ANS：我预感你能来，不过比我料想的时间早了那么一点点。

来年：你的预感很准。

ANS：但是现在你应该在画室里画画才对。

来年：我跑出来了。

ANS：翘课了？

来年：不。以后只要画水彩，我就不会去了。

ANS：来年，我现在打电话给你吧。

来年：好。

3.

那个夜晚，安司穿着黑色的风衣和裤子走在路上，摸出手机拨下来年留给自己的号码。接通之后安司听到了那端的喧嚣，一种强烈的颓废的气息让他感到无所适从。在一片嘈杂之中他终于辨出一个女孩的声音，你是谁。

声音是沙哑的，非常标准的普通话。典型的北方女孩，坦诚而直白。安司愣了一下然后说：“我是安司。”

苍穹破碎了，如同命运错综复杂的纹路。安司参不透，来年也参不透。

通话足足有一个小时，其实在这期间安司几乎没有讲一句话。他没有想到来年居然是如此擅谈的人。而电话的另一端，来年蜷缩在网吧的角落里，努力睁着自己那双分不清任何颜色的纯黑的眼睛，里面有着别人看不到的汹涌的潮水。她环抱着膝盖，对电话那头的安司说了很多很多。

如同一场梦。许多话都已回想不起，但却依旧清晰地记得当初的那种温存。电话两端的人，感性得如同肌肤的相亲。

“这个世界不适合我，很多时候我都在想活在这个世界上的意义到底是什么。”

“嗯。”

“好了安司，我困了我要睡了。今天我会在网吧里过夜。”

“晚安。”

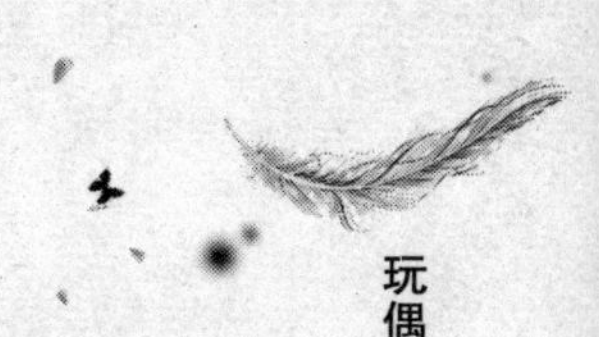

挂掉电话之后安司对着天空深叹了一口气，呵出来的大团大团的白色气体弥散开来。树上的叶子已经掉光，深褐的枝丫与黑夜交融。安司望着天，眼前仿佛出现了臆想中来年那双纯黑的眼眸。安司把手插到口袋里低低自语：“来年，我希望你快乐。”

一条短消息突兀地出现在手机屏幕上，打开之后安司看到上面写着：“尊敬的用户，您的余额为 0.25 元，请尽快充值。”

原来钱就是在这样不知不觉中花掉的。安司想。

黑夜里，安司黑色风衣的轮廓不再清晰，只有那张苍白的脸棱角依旧锋利。

来年抱着膝盖蜷缩在电脑旁硕大的沙发里，回想刚才安司温暖的声音，嘴角浮现出一抹笑。安司该是个安静的男孩，她想，就像美术老师那样。尽管普通，却满足且安然地生活在这个世界的某个角落，有着自己的信仰，而且那样虔诚。这个世界太过浮躁，芸芸众生之中，总有人会为了一己之利而做出卑鄙无耻的事情，当然他们也总是装出一副道貌岸然的模样，让人相信自己是善良的。想到这里来年长长地舒了一口气，脑海中出现了这样的一句话：“We're extremely fortunate, not to know precisely, the kind of world we live in.”

“是啊，我何其幸运。”

此后的时间里来年依旧在写着自己阴郁精致的文字，贴在网站上不是为了让别人疼，仅是为了心中的那份爱，那份看不清颜色，却庞大恢弘的爱。安司也依旧会打电话给来年，交上一百块话费然后轻易地花掉，间或在来年的网站上留言。两人保持着淡然的关系。这很好。安司经常想。

“来年，你应该回来，你是个有灵性的孩子。”电话里，美术老师的声音是低沉的。

“不。”简单的一个字。坚决。

“害怕他们的嘲笑么？”

“不完全是。我厌恶色彩，我分不清。你应该知道。”

“那么……你准备怎么办？”

“我会一直画山上的那座教堂。它将成为我不渝的信仰。”

挂掉电话之后来年捂着嘴小声地哭泣，因为她突然发现很多事情自己根本无能为力。

安司和来年认识的那个冬季似乎过于漫长。三月的一个清晨，起床之后，安司拉开窗帘，窗外仍坠着安静的雪。安司呆呆地凝望着那些白色的精灵，它们在俗世中舞蹈，在喧嚣中舞蹈，在自己的记忆中舞蹈。

耳畔是凛冽的风声，雪湮没了纯洁的梵歌，荒草被落雪疯狂地覆盖，千里之外的歌谣被寒风携走。无踪无影，无影无踪。

窗上落的雪，融化之后凝成了冰。

安司突然意识到这个冬天真的很冷。

那或许是这个冬天最后一场寒冷的雪了吧。因为第二天，苍茫的大地上会突然被涂抹上淡淡的绿。那个深夜，在 MSN 上，安司鼓足勇气将自己的照片发给了来年，然后闭上眼睛。假如不把眼睛睁开，这个世界就不会存在。假如这个世界并不存在，那么，一切就都只是未知与虚幻。照片上的安司穿着黑色的风衣，苍白的脸上挂着同样苍白单薄的笑。

十五秒之后，他睁开眼。

来年：我看到你了，很英俊，和我想的几乎一样，是穿黑衣服的安静内敛的男孩。

ANS：是么？没有什么地方让你惊讶么？

来年：有。你的眼睛。你的眼中有着同龄男孩没有的阴郁。

ANS：除此之外呢？

来年：还没发现。你觉得我是什么样子的呢？

安司坐在电脑前，寂静的夜，只有电脑屏幕散发着幽蓝的光。看到来年发过来的message安司愣住了。十七年，来年是第一个说他英俊的女孩。或许这个念头被尘封得太久，现在如此突兀地被提及，连安司自己也难以相信。那么来年应该是什么样子的呢？安司靠在椅背上，嘴角渐渐浮出微笑。

ANS：喜欢穿黑色、白色抑或灰色的衣服，浓密的头发，漆黑明亮的眼睛。

来年：我有一双漆黑的眼睛，但并不明亮。

ANS：那就打开窗户吧，让漆黑的眼睛适合亮光。

来年：你喜欢顾城？

ANS：算不上。

来年：嗯。现在很晚了，我要下了。

ANS：我想给你打电话可以么？我有话要对你说。

来年：好的，还是那个号码，我等你。

安司把电话拨过去，听到来年懒散的声音，他说："来年，我爱你。"

那一端顿时寂静，似有雨水滴落。

一分钟之后来年说："安司，我也爱你。"

4.

春天来了。这座干净简单的城市开始飘飞起花瓣。

安司穿着米色衣裤匆行于大街小巷，如同任何一个普通的男孩，耳朵里塞着耳机，坐在车上或者马路边的时候听一些音乐，闭上眼睛，微笑着面对嘲笑抑或鄙视的目光。

他的心中重新获得了一份爱。这份爱如此来之不易，如此弥足珍贵，如此纯美高尚，并且，它带来了爱的勇气。

经常会收到来年的短消息。来年在里面讲着自己的生活。写字。画画。睡觉。喝水。安司看到之后就会把手机举到阳光下像个天真的小孩一样笑，阳光亮晶晶地落满他的睫毛。他知道自己所爱的人正开心地生活在这个世界某一个自己尚不知晓的角落。或许一生都不会相见，但这又有什么关系呢？只要她生活得幸福，就够了。

安司给来年寄去了自己的照片。上面的男孩笑容灿烂。

安司总是在充好话费之后给来年打电话，直到欠费停机。

在某一天的电话中来年说，我大概要去一个小镇待一段时间。

安司默默地点头，我会发短信给你，到时候一定要回哦。

来年说，好。

拖着行李坐上火车，没有人对自己说再见。站台上人头攒动，无数的人在送行，火车启动时跟随着奔跑。来年用冷漠的眼神看着他们，一言不发，下意识地用手摸了摸自己的胸口。安司被装到这里了，他没有来为我送

行，因为他从未与我分开。来年默默地想着，偷偷笑出声。当所有人都从视线中消失之后只能听到火车哐啷哐啷的声响。来年向窗外望去，沿途的向日葵行将枯萎。阳光依旧灿烂，落在手心，忽又消失不见。

那座小镇飘飞着桂花，到处都弥漫着淡黄色的香。女孩们穿着浅色的衣服，神情淡然地穿行。只有来年，一身黑衣，显得格格不入。

来年租了一间小屋，并找到一份为杂志社撰稿的工作。她每写一个故事都会贴到网上，然后默默地等待安司的只言片语。

很多人给来年写信，用各种各样的字体和来年分享各自的快乐抑或忧伤。这些前所未有的温暖竟是信件带给她的。她会趁闲暇将这些信件贴到网站上，让它们以一种长久的姿态驻留。众多的信件中有一个人写着一手锐利的字，感觉应该是个男人，非常干净的那种。来年在一个下着大雨的夜晚拆开了他的信。白色的A4打印纸，黑色的水笔在上面留下仅有的一行字："不知道你看到这封信是在何时何地，但每当我看完你的文字都像经历了一场大雨。"雨水溅在黑字上，一下子便氤氲开来。合上信之后，来年看了看窗外，大雨瓢泼。一种寂静与浮躁的完美结合。信的最下端留下了手机号，来年拨了过去。她没有看时间。墙上的挂钟正指向一点三十分，凌晨。

“你好。”

“我是来年。”

“很意外。这么晚了，不休息么?”

“我失眠。刚才看到你的信，你不也没睡么?”

“我在工作。刚刚和客户谈完生意。”

“我在看外面下的雨。我住的小镇下雨了。冷清寂静的感觉。我喜欢。”

男人讲起话来没有一般商人的高傲与锐利，感觉上更像是做着一份普通工作，有固定的收入和平静的生活，比如老师、公务员。而商人，注定是要经受风浪与挫折的。那晚来年望着窗外淅淅沥沥的雨，和男人平静地交谈。男人给来年讲曾经的恋情，讲一个又一个被爱的女孩。相爱，然后分开。他说，孑然一身未尝不是一种幸福。

宸。男人的名字。

来年拾起荒废已久的画笔开始画拥有缜密线条的素描。第一幅画的是朱利亚诺，苍白寂静的脸上刻着深不可测的忧伤，柔和的线条，没有瞳孔，只

有空洞的眼眶。来年记得几年前第一次画头像时画的就是他，只不过当时很少有人叫他朱利亚诺，太过繁琐的名字。十一岁的来年安安静静地坐在椅子上，仰起同样安静的脸，然后听老师说“这个头像的名字叫小卫”。那是她第一次接触头像，她看着那张清秀的脸问，为什么小卫总是那么不快乐呢？

安司很像小卫，一样的干净。来年想。

于是，在构图时，来年几乎动用了身上的每一根神经来感受小卫内心深处的悲伤与绝望。每一丝阴影在纸上铺展开来的时候来年都会觉得内心隐隐作痛。

一个懦弱而善良的没落贵族。

太阳将小卫的阴影改变了一些。来年揉了揉眼重抬起头，恍然想起已经很久没有回复安司的短信了。安司依旧执著地每天给来年发消息，讲述生活中细小微妙的变迁，如一朵花开，一只鸟从天空掠过。来年放下画笔，踢掉鞋子，裤子和床由于微微摩擦而起了皱褶。她摸出手机准备回复安司。这时候，一条短信冲进来，是宸。“来年，我在火车上，去你在的地方。”

天空中腾起无数飞鸟，云朵大片大片地遮住来年深黑的眼睛，一切终于消失不见。

宸很清瘦，脸上有风霜留下的轻微痕迹。白色的衬衣微微开了两个扣，然后是米色的裤子和白色的休闲鞋。他是一个面容清朗英俊的男人，和安司的感觉截然不同。他把头发梳理得那样一丝不苟，挺拔的鼻梁上架着一副精致的眼镜，在阳光下微微泛起光泽。

那天来年把浓密的头发随意扎成了松散的辫子，麻布上衣，黑色粗布裤子，灰色球鞋，这套装束看上去怪异而突兀。宸看着来年，燃起一支香烟，用右手的食指和中指夹着，吸了一口，又缓缓吐出。“你和我想的……似乎缺少了一些温存的色彩。”来年对他笑，晃了晃腕上的银镯子，它们在阳光下闪闪发光。

两个人去吃韩国料理，炒年糕、寿司、铁板烧、石锅拌饭。宸还点了一份石锅牛尾汤。来年不停地把辣酱放到拌饭里。宸安静地看她，脸上是欣赏和喜悦。“韩国料理真的很干净。”宸一边喝汤一边对来年说，“你看它的汤，什么调料的残渣都没有留下。”来年往那份汤里看了一眼，然后继续用勺子舀自己的拌饭。宸挑起一根年糕，喂进来年的嘴里。来年愣了一下，什么也没说，默默地吃下去。

“以后我会带你到各式餐厅去吃饭。”从餐厅出来后宸笑着说。

“我很乐意。”

“韩国料理的颜色很鲜艳，我喜欢。”

“或许。”

“我的城市离这里不远，你愿意到那里住一段时间么？”

“好。”

宸一个人住在他的城市的最北角，一套商品房，一百五十平米，带阁楼。夜里打开天窗可以看到满天的星斗。来年想到旅馆去住，宸却执意要她留下。于是来年就留下。行李中没有特别贵重的物品，只有一摞稿纸，一个MP3，几件衣物和生活必需品。宸给来年买了一台崭新的笔记本电脑，于是一天之内最多的景象便是来年赤着脚穿着简单随意的衣服蜷缩在凳子上，把键盘敲得噼啪作响。宸偶尔下厨给来年做素淡的饭菜。更多的时候两人会去到各式奇怪的餐厅，点色彩鲜艳味道可口的菜肴。只是来年看到这些菜的时候总是显得无动于衷，这让宸很疑惑。

来年房间的隔音效果不是很好，晚上隐约能听见宸和客户打电话的声音。宸讲着一口流利的英文，让来年由衷地佩服。打完电话之后，宸到来年的卧室微笑着说晚安。他在夜晚穿无袖的紧身汗衫，宽松的棉布睡裤，赤着脚走在略微冰冷的地板上。他们有了深深的拥抱以及并不激烈的亲吻。来年的手如同水草一般紧紧环着宸的脖子，浓密的头发在他胸前纠结不清。

"来年，我爱你，等你长大之后，嫁给我吧……"

"宸……我也爱你。可是……"来年突然用力推开宸，蜷缩在角落里，垂下眼帘，沉默无言。宸惊讶地抬起头，却看到来年晶莹的泪滴。

"听我说，宸。第一，我已经有男朋友，至少现在我很爱他；第二，我是色盲，除了黑和白，我分不清别的颜色。对不起。"

……

"这就是你的男朋友么?"看着安司的照片，宸有气无力地问，眼中是失掉所有活力的疼痛。而来年始终蜷缩在角落里，双手抱膝，一言不发，头发泻于胸前，只不停地点头。照片上的安司，苍白着发肤，病态的，忧郁的。可是来年的眼睛看不到这一切。宸没有对安司的容貌做任何评价，他只是搂住来年的肩。来年能够感觉到他的脸在自己的发间摩擦，耳畔是他梦呓一般的声音："来年，我根本不在乎你能不能分清颜色，我只希望能够和你在一起，我会给予你超过他千万倍的爱……"

“你真的爱我么？是爱我的人，而不是我的文字？”

“我爱你的灵魂，它总是那样灼然明亮。”

“可是宸，我找不到一个不爱他的理由……”

“将来会有的，相信我。”

“可我的内心只有黑和白……”

“听我说来年……”宸的声音突然变得无比明晰，他双手捧起来年的面颊，四目相对，“我可以找人治好你，真的，请相信我。”

5.

五月，这座城逐渐温暖起来，人们甚至能感受到阳光微微泛出的花朵般的芳香。女孩和宸手拉着手走在街上，无视两旁汹涌的人群和车辆。云朵厚重地压在空中，镶着金色的边。偶尔有飞鸟拍打着翅膀高高飞过，将慵懒的天空叫醒。女孩穿着水洗布的白色衬衣，脖子上挂的玉坠被领子微微遮住，鲜艳的红裙遮住了膝盖，穿着没过脚腕的蓝色球鞋，头发做了离子烫，挑染了黄色。

女孩的名字叫来年。她的眼睛漆黑明亮。一切色彩在她眼中都以美好的姿态活着。

宸眯着眼睛："来年，你真的是个漂亮的姑娘。"

高二下学期重新分班之后安司变成了所有人眼中的怪物。穿老气横秋的衣服，黑色的帽子遮住了眼和头发，很少讲话，很少笑，没有朋友，可是成绩却好得让人跌破眼镜。从早到晚，安司总蜷缩在某个角落不停地发消息，不见回复便一脸落寞。苍白的脸起着微小的变化，由期待到失落最后面无表情。

来年洗完澡，裹着宽大的浴巾走出来，蜷缩在客厅的沙发里拿起宸买的手机——最新款的诺基亚——屏幕上显示着"一条新信息 from 安司"。来年没有看，直接点了"删除"。她漫不经心地笑着，抬起头看着身边的宸："又是他，每天都给我发消息，烦死了。"灯光下来年的笑容娇艳明媚，再也不见原来的苍白。宸看着她，问："不再喜欢他了么……甚至连一点……都不喜欢了么？"

"没有人会喜欢和一个鬼一样的男生在一起。会害怕，你明白吗？"她随手拿起身边的一本书，翻了几页，"写得比我差远了不是么？"

“是的。对了，你这个月还有几篇稿子没有完成?”

“五篇吧，我要去写了哦。”来年笑了笑。她现在总是能这样轻易地展露笑颜。她站起身，然后亲吻宸的脸。

“写好之后陪我去一个 party 好吗，我的朋友特地邀请了你。”

“嗯。”

来年仍在写作，未曾停过。她的文字不再现于网络，而是频繁地刊登在时尚杂志的专栏上。来年一个月要完成五个一万字的稿件，千字千元的稿酬是她所有的动力。

来年通常在深夜写字，胃时常疼得令她掉泪。宸燃着一根烟坐在她身边，并适时地为她热上一杯牛奶，督促她喝下。来年喜欢描写都市苍白浮华的爱情，精致华丽的心情散文。写好之后宸总是第一个阅读它们的人。当他阅读之时来年就会猫一般伏在他身边，亲吻他略显沧桑的脸。

晚上在 KTV 包间里，来年安静地坐在宸的身边。一起的还有宸的朋友漾，带着他的未婚妻。几个人在包间里喝酒。来年低垂着头，偶尔露出模糊的笑。在此之前她和漾的女友见过几次，虽然没有深交，却清楚地记得每当谈起漾时她脸上幸福的笑容。这让来年有理由相信他们是幸福的。漾看上去是同宸一样成熟温柔的男人。他们一起吃寿司，喝味道很淡的清酒。可是不知为何漾的女友喝醉了，开始放肆地讲话。漾耐心地哄她，但脸上也渐渐露出不悦的神情，后来终于发展为两人间的激战。女人把酒泼向漾，漾甩手给了她一巴掌。自始至终来年都平静地看着这两人如小丑一样吵闹，然后再看宸耐心地劝阻。

回到家，宸坐在沙发上看报纸，来年走过去坐到他腿上。宸揽着她的腰。

“宝贝，我们不要像他们那样，真的，我一点也不羡慕。他们只是在做表面文章。我们这样，多么好……”

“嗯。”他只平淡地哼出一个字，双臂却把来年搂得更紧了。

暮色苍茫，深褐的鸟群缓缓飞过。安司斜背着书包，头发凌乱地飞扬着。他已经很久没有给来年发消息，很久没有跟任何人讲话，很久没有上网了。他心中仅存的希望也已消失殆尽，一切存在都失去了意义。只是，走过某条街道时他却会想，来年现在正做些什么，她是否是一个人，她是否会寂寞，她何时回来……她是否还记得自己？想到这些的时候，心总是隐隐疼痛。可是安司没有流泪，他好久没有流过泪了。时间可以让爱情面目全非。

和宸在一起的几个月，来年养成了吃韩国料理的习惯。来年似乎也已习惯了没有安司的生活。她亦很长时间不上网写字，很长时间看不到安司的短消息了。有出版社来找她出书，给出了很高的版税和印数。来年便将自己从十六岁到十八岁的所有文字都交给了他们。时间就这样不痛不痒地缓缓流过，偶然遇到石子溅起几朵浪花。

十月十三日的夜晚，宸对来年说，明天就是你十九岁的生日了，我要好好为你庆祝。

十月十四日的夜晚，吵闹的party，来年苍白着一张脸，沉默地蜷缩在沙发里，眼眶有些潮湿。这个细节宸没有发现。就算发现了又能怎样，或许他根本就不明白自己心中的等待，根本就不明白。安司。她没来由地想起这个名字，然后眼前模糊地出现了一张脸，苍白的发，漆黑的瞳仁中有说不尽的阴郁。他是否还记得我的生日呢？就算他打来电话，我又该说些什么呢？

手机此时突兀地响起。是个陌生的号码，来年接起来。

安司穿着黑色的风衣，把手放在口袋里漫无目的地在街上游荡。街道上灯火阑珊，五颜六色的光映在他苍白的头发和脸上。KFC里的电子钟显示着十月十四日二十点三十分。安司猛然想起这天是来年十九岁生日。很久之前，和来年通电话的时候来年对他说过，我十九岁生日的那一天，无论你在什么地方，一定要给我打电话哦。安司匆忙地奔向电话亭，扔进一个硬币，拨下号码。

“来年么？我是安司。”

“我以为是我的编辑。没想到是你。”

“是吗……”安司略微有些失望，“今天是你十九岁的生日，生日快乐。”

“谢谢。”

沉默。

来年说：“我还有别的事情，再见。”

挂掉电话后来年终于还是哭了。她也不知道为什么哭。只是有一种强烈的预感，这个世界上又少了一个关心挂念自己的人，而这一切都是她一手造成的。

看见的，熄灭了；消失的，记住了；葬送了，然后无处怀念。天黑，刷白

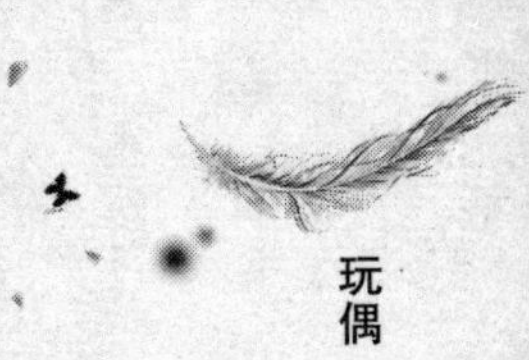

了头发，紧握着我的火把。他来，我对自己说，我不害怕，我很爱他。

宸在这时走过来，把来年揽进怀里。来年拥着宸，小声说："宝贝，我把自己弄丢了。""找不回来了吗?"宸的声音中有着无法言说的心疼。"找不回来了。再也找不回来了。"来年轻微地哽咽。

后来，来年的书出版了。举办过几场签售，宸总是陪着。书卖得很好。只是每次签售结束之后，来年总是会从平静的睡梦中惊醒，然后抱着宸泪流满面。"我把自己弄丢了，你不要离开我好吗？除了你我一无所有。真的，求求你，好不好?""好的，不要害怕，我在你身边，我答应你。宝贝，睡觉吧，睡觉吧，好吗?"

某个清晨，宸拉着来年的手，如同牵着自己的女儿。来年穿着长袖的衬衣和长长的仔裤，头发披散下来，眼中跳动着不安分的光泽。白色大楼的第三层，漫长的诊断之后，医生告诉宸，来年患上了深度抑郁症。来年瞪着一双眼看着宸，看到这个成熟稳重的男人在自己面前掉下泪来。她伸出手为他轻轻拭去眼泪。"为什么要哭呢，这个世界上的泪水已经够多了。"

安司时常在报纸上看到来年的面容，但是后来这面容又无声无息地消失了。

来年，我要你快乐。安司经常会在夜晚凝望着深蓝的天幕如此低语。

他和她，在那一刻，都如同宿命掌心的玩偶，被线操控，跳着华丽的舞蹈。

6.

一年以后，来年割腕自杀。

两年以后，宸结婚，新娘是个精致如洋娃娃的女子。

三年以后，安司彻底忘掉了来年，过上了平和安稳的生活。

可是谁也没有看到，在幽蓝的天幕下，在闪烁的星光间，在爬墙虎疯狂的颓败和蔓延之中，有一只玩偶，被线操控，跳着世界上最寂寞的舞蹈。

芦苇。苇花。芦苇声

逃课去芦苇丛里睡觉看天。是吗。伊哲。

你是否在看天的时候见过他呢。

林墨的猫一直在唱歌，刺耳的声音划破天空划破宁静划破黑夜，最终划破了上帝的耳膜。凌晨三点我推开窗户把头探到窗外，墨蓝色的天空中已能看到隐隐的红，那是上帝的耳朵流出的血。林墨的猫是黑色的，除了眼睛。它晶莹剔透的瞳仁呈现出诡异而飘忽的幽蓝，锐利得似能洞穿一切，然后向远方延伸出更加诡异的色泽。我和林墨讲话的时候它会把前爪慵懒地搭在林墨的腕上，身体柔软地下垂，只有头是昂起的，幽蓝的双眸直直地盯着我，骄傲凛冽。

我喜欢下课之后跑去学校后面的芦苇丛，那里生长着一片年轻而繁盛的芦苇。秋天悄然而至，如同一个巫师挥舞着手中的魔杖，将这片芦苇刷上了浅浅的黄。碧冷的湖水倒映出芦苇狭长的身影，它们随着清秋的冷风翩翩起舞。我坐在一片芦苇丛中，白色的苇花在随风飘动时轻轻抚摸我的脸。我将它们放于掌心，却很快被风吹走，消失不见。在黑夜的威严之下太阳不得不褪去光芒与温度，我挽起袖子，让落日余晖将胳膊镀成金色。

曾经张扬的棱角早已隐匿为皮肤下尖锐的刺，再也无法伤及他人，却仍旧能让我自己在不断挣扎的过程中遍体鳞伤。

一年前由于中考成绩太差又不甘心就此在职业学校混日子的我被叔叔送到了夏溪镇念高中。

车开进镇口时天色已晚，苍茫的天空中有炊烟缓缓散开的痕迹。街道两旁的徽派建筑已经安静绵长了上百年。那些沧海桑田的拥有终成了古老墙沿上无法言语的寂寞申诉，那些亘古不变的等候终于幻化成了屋顶不断开放又不断枯萎的浅草。田野寂静开阔，大片的芦苇在风中摇曳，湖水清澈。

下车的地点是夏溪高中门口。仅有的一栋教学楼孤独地伫立在寂静的暮色中。水泥操场上的两个篮球架和几排双杠显得格外扎眼。这便是夏溪镇唯一的一所高中，每年高考的本科升学率都是百分之百。我打量着这座无需仰视和行走就能尽收眼底的校园，貌不惊人，但蕴涵的力量却让人无法逼视。天空慢慢下沉，我站在昏暗中，看到一个身材颀长的男人和叔叔一起向我走来。叔叔和那男人相比显得矮且肥胖。他们来到我的面前。一个陌生的声音对我说："伊哲，我是你的班主任，我叫林墨。"他的声音潮湿而温暖，如同寂静田野中被阳光吻过的湖水。我看不清他的脸，但我知道那脸上定有着江南男子最温柔细腻的线条。

走廊陷于黑暗，寂静如坟墓。我被这个叫林墨的男人带到一楼尽头的教室。他推开门，我的世界骤然明亮，我也理所当然地看清了林墨。这是我第一次看清他。时为九月，夏溪镇温暖的空气中微微泛着凉意。我的老师林墨穿着深蓝色的长袖线衣和洗得发白的牛仔裤，黑色的短发被风吹得凌乱。他有着一张年轻的脸，剑眉星目，冷白面色。他示意我在门口稍等，自己径直走向讲台。正在上自习的同学们突然把头抬起，几十双眼睛齐齐地盯着林墨。

林墨让我进去，我推开门，木门发出嘎吱的声响。所有人的目光立刻从林墨转移到我身上。

“我叫伊哲。”我只说了这句话。一直以来对于自我介绍我都无比厌恶，在我看来那只是一种让别人对自己产生好感的拙劣方式。那天我穿了黑色的T恤和韩版仔裤、白色板鞋，戴着一副红框眼镜，头发被电得蓬蓬松松，且染成了黄色。我把手插在裤子后面的口袋里，对所有同学说，我叫伊哲。说完之后我迅速扫视四周，他们微笑着看我，那种包含了所有比较级与最高级的淳朴笑容足以让藏在我骨血里的骄傲瞬间化掉。我站在那里不知所措。林墨示意我坐到第五排，因为那里刚好有一个空座。同桌是个系着蓝色发带的姑娘。

夏溪镇非常小，从镇头走到镇尾用不了半小时。一共住着三十户人家。学生们全都住在夏溪镇上，所以夏溪高中没有宿舍。叔叔把我送到学校之后又将我所有的行李搬到林墨家，然后他就一直在教学楼下等我下课。离开之前他告诉我，林墨家曾收留过外来的学生，他已为我缴了一年的住宿费和学费。我默默地点头，一个与我血缘关系并不太近的人能为我想得如此周到，除了感激涕零我似乎什么也做不了。我们站在校园的路灯下，微弱的光映着叔叔早已不再年轻的脸，岁月侵蚀了他原本的锐气与轩昂。现在的他如同我居住的北方城市中的任何一个男人，愁眉紧锁，在那片昏暗的天空之下终日忙碌，养活妻儿，还有我，一个不争气的远房侄女。记忆中似乎只有在每个月领到不菲薪水时他才会露出舒展的笑容。他象征性地揽了揽我的肩膀，没有任何言语，转身欲走。一种强大的力量促使我上前拽住了他的衣角，我说："你能再给我讲讲我的父母吗？最后一次，求你了。"

他面部的线条变得锐利起来。他生气了。

他说："初三时就是因为我说他们说得太多，你才考不上高中。"

我的语气在一瞬间变得冰冷无比："就算你不说，我也考不上高中。"

"难道我们一定要在分别时闹得如此不愉快吗?"

林墨在这时走了过来，怀抱着一只猫。那只猫全身漆黑，在黑暗中辨不出轮廓。幽蓝的眼睛却熠熠生辉。它不断地叫，声音破碎而苍凉。诡异的叫声打断了我和叔叔之间的谈话。林墨看着叔叔，在我看来他纯黑的眼中似有着猫眼般的幽蓝。他说："你可以走了，伊哲交给我，我会好好照顾她。”叔叔怒气未消，他说：“恐怕她需要的并不是照顾，而是管教。”然后他钻进车里，消失在黑暗中，只留下汽车的尾气若有若无地飘入我的鼻孔。林墨说：“伊哲，我们回家吧，好吗？”

我被林墨安排在二楼的一间小屋里，推开窗就能望见不远处寂静的湖水。

湖水在夜里如光滑的丝绸般明静。裸露于风中的石头渐渐坚硬。我脱掉鞋光着脚坐在窗台上，大脑皮层中残存的各种回忆争先恐后地汹涌而来，一阵天旋地转后终于剪辑出一场泛黄的电影。那是叔叔曾经对我讲过的关于我父母的一切。十几年来他对他们所言甚少，总是试图跳过这段根本无法回避的往事。我不断追问但得到的依旧是只言片语：我的父母没有结婚便生下我，父亲把我送给了自己远房的表弟；他的表弟在无法拒绝的情况下收留了我。除了心中必要的那点感激以外，我对叔叔没有任何感情可言。假如他是一个神经错乱的农夫，我就是他手下倒霉的庄稼，有时我甚至会奇怪为什么受了十六年折磨的我竟没有死掉。

林墨叫我吃饭。我赤脚下楼。木桌上是一锅米饭、一盘竹叶鸡和一盘炒青菜。林墨吃饭的样子如同一个绅士，尊贵优雅。他的饭量很小，每道菜浅尝辄止。开饭之前他已把猫粮拌好，那只黑猫便蹲在他身边的凳子上静静地舔食着。我把青菜和鸡夹到碗里，味道很清淡。或许是由于从未吃过这些东西而且也确实饥饿，那晚的青菜和鸡几乎都是被我解决的。林墨看着我，然后笑了，像年轻的父亲看到自己的孩子饱餐时那种满足的笑。虽然我从未见过，但却如此坚信，那种温暖的笑容能如保护层般为每一个弱小的孩子抵挡尘世的雪霜。

“你知道我是你的语文老师吗?”他问。

“呃，不知道。”

他点点头，指着正在舔食猫粮的黑猫说：“你知道它叫 Blue 吗?”

“不知道。”

“那么你现在知道些什么了吗?”

“我知道你是我的语文老师，还知道那只黑猫的名字叫 Blue。”

“很好。你很聪明。所以，现在我完全可以把你叔叔告诉我的关于你的一切当做狗屁。”

我不置可否地耸耸肩，“呵，十六年来我一直如此。”

湖边的芦苇像骄傲的姑娘在秋风变得微微寒冷时紧抱住对方取暖。我仰起头看着在金黄色芦苇的衬托下愈发苍蓝的天空，成群的飞鸟张开翅膀结队飞过，飞向比夏溪镇还要靠南的地方过冬。现在是下午三点，我躺在芦苇丛中，苇花把我的脸挠得有些痒。我的同学们应该正在上数学课，看数学老师木着一张脸讲那些大部分人根本听不懂的天书。事实上在高一开学之后的两个月，我血液里叛逆阴郁的因子就开始蠢蠢欲动。我开始频繁地逃课，数学、英语、历史、政治，无一例外。我喜欢在芦苇丛边找块干净的地方一待就是一天。除了林墨的语文课。

林墨上课的时候总是戴着一副深蓝色磨砂边框的眼镜。他讲柳永的《雨霖铃》时用白粉笔把它书写在黑板上。他的字很漂亮，是飘逸的行楷，我经常悄悄临摹他的笔迹。对于我逃课这件事林墨既不找我谈话也未曾责骂我。有时候看着林墨在上面讲课我就会在下面偷笑。他对我们管得太松，确实不像班主任。在我看来，班主任该是强悍如杀牛贼的汉子，而林墨只是个文弱书生。

林墨对于我逃课所表现出的态度让我时常产生自己根本没有逃课的错觉。

可是错觉终究是错觉。

那个叫木小楠的男孩是在我来到夏溪中学一个星期后出现的。他是外班的学生，因为语文成绩糟糕到无药可救的地步才到林墨家里补习。林墨也教他们班的语文。林墨是个有着蓝色情绪的人。我说这句话的意思是，对于任何人他都不会表现出过多的喜欢与厌恶，我想众生平等这句话他肯定理解得比谁都透彻。木小楠的父亲常年在外打工，他和母亲住在一间漏雨严重的房子里。听起来似乎像落入俗套的小说，但这就是他最真实的生活。

木小楠是一个十足的乡巴佬，头发上面总是覆着一层油腻腻的东西，似乎从来没有清洗过。他总穿一件暗红色的女式格子衬衣、一条发灰的运动裤和一双同样发灰的球鞋。他的脸不算难看，甚至比班上的任何一个男孩都要英俊，可是牙至少已有三个月没有刷了，一张嘴就能看到一排玉米粒儿般的黄色斑点。在我眼中他还是个笨蛋，无论林墨怎样用心地教他，到头来依然却连最简单的文法都一窍不通。即使这样，林墨也从未赶他走。从木小楠来补习的第一天起，他的晚饭就不用他妈妈操心了。而且，林墨把他的费用减了一半。

林墨做了卤肉饭和炒蘑菇，外加一份鸡蛋汤。他先把 Blue 的猫粮拌好，然后招呼在旁边桌子学习的木小楠吃饭，然后再叫待在二楼小屋里的我下楼。假如把吃饭时的林墨形容成一个绅士，木小楠就是一个十足的野人。他吃相极为恐怖，喝汤的时候总是发出呼噜呼噜的声音，这一切让我深感厌恶。“我吃饱了。”说完之后我径直上楼，再也不想看木小楠第二眼。

“我想不明白你为什么要给木小楠补习，而且还留他在这里吃饭。”

“伊哲，我同样想不明白你为什么讨厌我给他补习，而且讨厌他在这里吃饭。”

“是我先问你的，应该你先回答。”我不容置疑地说。

“呃……”林墨深深地叹了一口气，“《圣经》上说，我们应该去爱每一个人，不是吗？他穷，他脏，他学习不好，他没有绅士风度，可是他并没有做错什么，并没有……逃课去芦苇丛里面睡觉看天，是吗，伊哲？我请问你是否在看天的时候见过他呢？”

当我真正长大之后才明白，十六岁那年，我的老师林墨是在用一种艺术的语言让我对自己的行为感到内疚和忏悔，只是当时的我并未体会到他的良苦用心，反而在心中对他产生了小小的怨恨。

林墨那晚深深的叹息并没有在我心中留下任何痕迹。我还是讨厌木小楠的穿着打扮，还有那一口黄牙以及粗鲁的吃相。我也依旧会轻车熟路地逃掉除林墨以外任何一位老师的课。奇怪的是林墨依旧不管我，就好像什么事都没发生，什么话都没对我说过一样。这反而让我觉得难受，十六年来第一次产生了沉重的负罪感。我想，假如林墨将我痛骂一顿，也许会舒服一点。

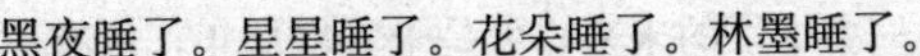

黑夜睡了。星星睡了。花朵睡了。林墨睡了。

只有我和 Blue 还清醒着。

Blue 又开始唱歌，它似乎是一只曾经被人毁损过的黑猫，它的声线是破碎的，那样凄厉而悲伤，让我感到深深的恐惧。我甚至幻想这只猫的前世或许是一个神经质的黑衣女子，眼眸幽蓝，只有在深爱的男人怀里才能保持足够的安静，否则就会一直叫喊直到所有人都明白其内心的惶恐与无助。林墨是 Blue 深爱的男人，尽管它无法表达，可是林墨总会明白总会懂。

我坐在窗台上，双手抱膝。宁谧的夜，小镇像是浸泡在水中，无声无息。我奇怪地发现，夏溪镇是一座容易让年轻人也变得怀旧的小镇，即使在我眼中怀旧是属于老年人做的事。但从我来到这里的第一天起却开始回忆剖析自己的过往。我试图把自己变成一只纹路清晰的橘子，再把这些纹路一点一点梳理成绵长的回忆。算作，一次了结。

现在我像一个有罪之人穿着黑色囚服，苍白着一张脸向你讲述我的堕落史。是从初二年级开始的。在此之前我是一个梳着长辫子的傲然的姑娘，学校里千篇一律的校服根本无法掩盖我满怀的自信，骄傲总是高高飞扬。那时的我看到在工厂里工作的少女会对她们嗤之以鼻，看到路边乞讨的人会斜眼以视，然后用两根手指从钱夹里夹出零碎的钱丢到他们眼前并无视他们的磕头感谢。我想我会有一个灿烂的未来。可是十五岁那年，所有原本的想法被统统颠覆，很多事情令我想不明白，人的生命如此短暂，为什么要把年少时光用于上学念书而不是恋爱。我试图用自己微不足道的力量与整个世界抗争。

第一个男孩是在十五岁的尾巴上认识的，一个高且干净的男生，头发上总有着好闻的青草香味。我们时常在操场的林荫下接吻，他口中的薄荷香让我着迷。那时候的我只是想爱，而不是想要与他相爱，所以这段游戏般的初体验只维持了两个月即轻易破碎。

第二个男孩是在十六岁的时候认识的，我们在一起三个月。我迷恋他那双细腻的柔软的弹钢琴的手与我十指相扣时传递过来的温度。三个月之后，因为他在某些方面与我原本料想的相距甚远而分手。

第三个男孩是在中考前夕认识的。中考之后我来到了夏溪镇，在此之前交往的时间并不长，彼此也没有多么深厚的感情，所以这段刚刚萌芽的爱情也就无疾而终。

人类本就是一种适应能力极强而且极为淡漠的动物，一旦适应了新的环境，就不愿再改变。

那些长期在我体内滋长的孤寂情绪终于长成茂密的森林。昼夜不寐的雪让我感到寒冷。

那天下午我逃掉了四节足以让人窒息的政治课来到芦苇丛，如同以前一样寻到一块干净的地方躺下来看天。那是高一开学两个月之后。夏溪镇的秋天似乎来得特别早，天空高而开阔，芦苇是淡淡的黄色，在蓝天之下轻轻摇曳，把属于自己的秘密一传千里。我迷恋芦苇丛中泥土和湖水混杂之后的香气，它足以让我忘掉所有不快的事情，大脑在这里可以永远保持空白一片。

大约四点钟的时候男孩木小楠也来到了这里，他终于换掉了那身令人作呕的装束，漆黑的头发在日照下闪闪发光。我接受他坐在我旁边，他对我笑，露出一排整齐的白色的牙齿。他真的是个英俊的男孩，这种英俊不同于以前我所认识的任何人。他身上有着令人舒服的纯粹，如同一只刚刚摘下的没有喷洒农药的新鲜水果，散发着诱人的香气。

“伊哲，我知道你瞧不起我。”他垂下眼帘低声说。

我望向远方颇有下沉之意的太阳，没有讲话。

那个下午我和木小楠聊了很多，事实上从头到尾几乎都是他在说。这次漫长的谈话接近三个小时，让我彻底改变了对木小楠的印象。原本以为他只是一个蠢笨的乡下男孩，可是那天我却发现这个男孩的情绪是红色的，他的心中有一团灼热的火焰，平时不为人所知，可是知晓的人却会感受到一种几乎能将人灼伤的热量。假如把林墨喻为夜深人静时幽蓝的湖水，那么木小楠就是北方晌午常见的太阳。他说他并不是别人眼中的那种笨蛋，他也有自己的理想和追求，他想走出夏溪镇，去一个很大很大的城市读大学，毕业之后就赚很多钱，让家人的生活变得更好。讲这些的时候他的眼睛是那样明亮，如一只即将腾空的太阳鸟。我坐在他身旁，托着腮，被感动得泪流满面。或许并非是因他的话而流泪，只是需要一个理由让泪汹涌而出，毕竟我已经六年都没有掉过一滴泪了。是谁说过，当你还能流出眼泪，就说明你心中尚有爱。夜幕降临时木小楠抱住我，我们之间有了轻轻的吻，他的舌头在我口中如一泓毒药。

我和木小楠一起回到林墨的家。林墨的脸上终于有了微微的愠怒。Blue乖巧地伏在他的胳膊上，眼睛幽蓝而悲凉。我知道林墨发怒的原因，木小楠是从来不逃他的自习课的，可是今天他逃掉了语文晚自习，并且没有来补习。我站在林墨面前，盯着他的脸。他穿着黑色的上衣和白色的粗布长裤，黑色把他的皮肤衬托得愈发苍白。他不看我。我可以将其理解为他不屑看我。他把放在背后的右手伸到我前面，我看到他手中的语文试卷。我想半个月前的月考试卷应该发下来了。接过，字迹消瘦而潦草，是我一贯的风格，成绩是 128 分。“年级第一。”林墨低低地说。我能感到他言语中强烈的骄傲。“但是你还能够考出更高的分数。”他补充着。

“木小楠，你考了多少分？喂，把头抬起来。”

男孩木小楠把头抬起来，看了看林墨，唇牵动了几下，终究没有发出任何声音。

“64 分是吗？刚好是伊哲的一半。”

“呃……是的……”

“你可以走了。”

男孩把头抬起来，眼中满是惊讶。他摇了摇头，然后问林墨：“你刚才说什么？”

“我说你可以走了，我不想再见到你——滚。”最后一个字从林墨的喉咙中低低地蹦出。

那是高一上学期的事情，距离现在已有一年之久，可我依旧记得那个晚上，在舞蹈的星光之下，林墨那张被风霜倾覆的冷峻的脸。那是我见过他为数不多的一次发怒，并且是对一个可怜的贫穷的并且和我刚刚产生蒙昽爱情的男孩木小楠。从那以后木小楠再没有来补习过功课，也没有去过学校。夏溪镇上根本找不到他的影子。十六岁的木小楠人间蒸发了。

当我把这个令人震惊的消息告诉林墨时他却表现出足够的平静。我记得他在对木小楠发怒的那个夜晚做了老鸭汤。我默默地吃饭。昏黄的灯光下，他脸上有着说不出的沮丧和懊恼。后来我才知道，林墨允许学生逃课，允许学生不及格，但绝对不允许不及格的学生逃课。在他眼里这种做法无疑是自甘堕落。

我并没有想念过木小楠，我生命中的第四个男孩。从来没有，时间果真能把回忆冲淡。

过年了。夏溪镇下了一场不大的雪。我没有回叔叔家，而是和林墨在一起。林墨没有父母，没有女友，没有朋友，孑然一身。我想他或许会感到孤独，而我在那个家也会感到孤独。这两种孤独有所不同，在人群中沉默无言的那一种更加可怕。所以毫无疑问我才是最孤独的人。叔叔在春节的前三天为我送来了一千五百块学费和两千块生活费。从头到尾一直是林墨在接待，我躲在二楼的小屋不愿见他。我知道林墨给他看了我的成绩单，

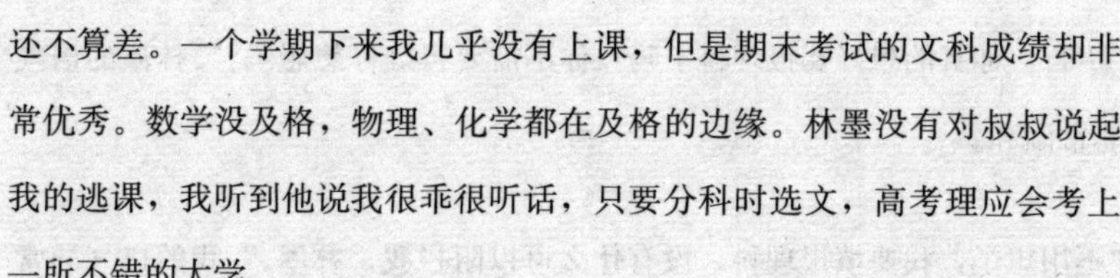

还不算差。一个学期下来我几乎没有上课，但是期末考试的文科成绩却非常优秀。数学没及格，物理、化学都在及格的边缘。林墨没有对叔叔说起我的逃课，我听到他说我很乖很听话，只要分科时选文，高考理应会考上一所不错的大学。

春节那天林墨做了很多菜，摆了满满一大桌。当我捧着一个木碗喝汤的时候他突然对我说："伊哲，你的外表改变了很多。"我摸着新长出来的黑发对林墨笑。然后林墨也笑了。半年以来我的穿着和发型变得天翻地覆。现在的我喜欢穿颜色淡雅的衣服，把头发梳理成最规矩的样式，如同这座小镇上的任何一个姑娘，外表谦和柔弱。"林墨，改变的仅仅是外表，你仍无法感知我的内心。"我说。林墨将酒一饮而尽，边喝边点头。

开学之后的头等大事就是文理分科，我通过各种途径得知分科之后林墨将教授理科班的语文，而我将会被分到文科班。这个消息让我几乎晕厥，林墨却仿若并不知道我内心的踌躇。我跑到湖边对着那些行将冻死的芦苇倾诉。湖水都已结冰。满天的乌云。我记得春天时苇花都会飞出去很远，落在人们的肩上，默默传诵那些不为所知的秘密。第四天我终于做出了一个使全班同学和林墨都惊讶万分的决定：学理科。做出这个决定的第二天就要上交志愿表，那个晚上林墨没有做饭，我和他之间有了如下对话：

“伊哲，你真的想好要报理科了吗？你不需要再好好想想吗？”林墨的语气非常温和。

“不用想了，我要填报理科，没有什么可以阻拦我，林墨。”我的口气异常坚决。

“可是你的理科成绩并不好，高二之后会异常艰辛。”

“我不怕。”

“你为什么要报理科？”林墨微微有些生气，但依旧压住怒火。

“因为我喜欢。”

“喜欢为什么不及格？”林墨的言语越发尖锐。

“及格与否和喜欢与否无关。我想挑战自己。”

“等到上了大学以后再挑战，现在不是时候，高考并非儿戏。”

“我已经决定了。”

我的一再坚持让林墨终于发怒，他的声音甚至吓到了正在舔食猫粮的

Blue。“如果你学理科就是疯了，你等着高考落榜去废品回收站挑战自己吧！”

我曾经说过 Blue 像是神经质的黑衣女子，当缺乏安全感时定会让身边的人知道它内心的惶恐无助。Blue 在那个夜晚突然失去了理智用爪子抓破了林墨的手，而那时我正待在自己的屋里。我并没有和林墨赌气，刚才看到他生气的样子，看到他剑一样的眉毛为了我拧成结时突然感到温暖。他是关心我的，他在为我的前途着想。可是，我是多么希望一直听他讲课啊，就这样听三年，看他戴着深蓝磨砂镜框的眼镜，把柳永的词用行楷书写在黑板上。假如真能这样，高考又算什么呢。林墨低沉的呻吟打断了我的思绪，我飞快地冲下楼，冲进他的屋子。酒瓶和玻璃碴散落一地，酒气冲天。Blue 瞪着幽蓝的写满恐惧的双眼蜷缩在一个角落里。而我的老师林墨，斜躺在床上，修长的右手臂渗着鲜血。血顺着手指淌下来，滴落在他的粗布长裤上。我找来绷带、碘酒和药棉。我用药棉蘸上碘酒为他擦拭伤口。Blue 的爪子太过锋利，伤口很深，每当药棉触碰到伤口时林墨的身体都会轻轻颤抖。他喝了很多酒，眼白布满血丝。在我看来醉酒之后的男人眼里都会流露出不同程度的狂野，林墨却不，他的双眼自始至终都盯着自己的伤口，安静地看我为他上药。我用绷带为他包扎，一圈，两圈……心疼得快要哭出来。

我把林墨的手臂放下。他垂下眼帘看了一会儿，忽然抬起头来问我："真的想好了……要报理科么……为什么?"由于饮酒过多，他的声音变得沙哑低沉。看着他眼中的血丝，我低声说："不是早就说过了么，我想要试试看。""你记得过年时你对我说过的话吗，你说我仍无法感知你的内心。可你是我的学生，与我相处这么久，我怎会无法感知你的内心。"那一刻我突然很想把心中所想都告诉他，但最终还是忍住。离开林墨房间的时候我看到了 Blue 的眼睛，除了恐惧，或许还有一种可以被称为凌厉的东西。

看啊，我是多么地傻。我像一只哀伤的小鹿为你的伤流着泪，并愿意用柔软的舌头舔尽你修长手指上残留的血迹。你何时才能感受到我对你的爱，那些高高在上的繁盛的年轻的错落的爱。

三月，教室仍见不到阳光，寒冷阴霾的天空中没有一只飞鸟。我在理科班，厮杀在符号和数字的世界，必须弄明白许多化学定理、方程式、物理公式的推导等文科生见所未见的东西。这场厮杀当我注定失败。可值得庆幸的是我依旧能听到林墨讲课，这是一件多么幸福的事情啊。林墨不再做班主任，但生活并没有发生多大的改变。我依旧是逃掉除了林墨以外所有老师的课，躺在芦苇丛中一待就是很久，考试的时候拿到连文科生都望尘莫及的语文成绩。晚上林墨会做好晚餐等我回家。另外，我新长出的黑发终于将原来卷卷的黄发统统掩住了。埋藏过去，忘掉过去，这样很好。

Blue的失踪是在那天清晨被发现的，林墨几乎找遍了镇上所有的角落，却未能发现它的影子。

我在林墨下班的时候逃出教室，对他说："我们出去吧。"

林墨没有拒绝。

我们并排躺在芦苇丛中，林墨双手交叉放于脑后，双眼直直地望着天空，像个失态后逐渐平静下来的孩子。"伊哲，你知道我为什么那么担心Blue吗？我从来没有对别人说过，可是今天却很想告诉你。Blue是我和认识的第一个女孩从前同养的猫。她是一个芭蕾舞演员，总是喜欢穿黑色的衣裙，眼睛幽蓝略带悲凉。我很爱她，她是我爱过的第一个女孩也是最后一个。后来，她在飞往美国演出的途中罹难，Blue便由我照料，已经四年了。Blue与她惊人地相似，她们的保护色都是黑色，都有着幽蓝的眼睛。Blue是一只对周遭环境极为敏感的猫，假如它认定某个环境已不再适合它生存，就会离开。"

"林墨，你是一个让人缺乏安全感的男人。"

"所以我已经很久没有认识新的女孩了，我无法给予她们想要的任何东西。"

芦苇丛的上空，暮色渐浓，蓝色的花在风中飘摇，如同 Blue 幽蓝的双眸。

盛夏。睁开眼就能看到一大片晕染开来的绿色，如一幅精致的水墨画。我仿佛能听到植物平稳且均匀的呼吸，千年如斯。

林墨终于摆脱了 Blue 失踪留下的阴影，开始正常地生活。而我也已经听不懂任何一道数学题，那些密密麻麻的数字与符号如鬼符一般纠结。我以高考可能失败为代价换来每天都能听林墨的语文课。我把这段青春涂抹得零零落落斑斑驳驳，浓重的绿色之上是黑色的伤痂。我不后悔。后悔的人都是愚蠢的，因为他们做出选择的时候没有想到后果。

而我想到了。

Blue 是在七月的某个下午被我发现的，在芦苇丛中。那时它的眼睛已经看不见任何东西，幽蓝的眸子上笼罩着一层白色的雾气。后腿断了。当我看到它的时候，它像一只刚刚出生还不会走路的幼猫一样伏在干燥的芦苇上痛苦地呻吟，红色的液体从眼中渗出。我将它拥在怀里，它轻微地抖动着，再也没有从前的冷漠，再也没有从前的桀骜，再也没有从前的犀利。这样的它让我心疼。

我把 Blue 带回家交给林墨，本以为他会抱起 Blue 泪流满面，可林墨却只用那双狭长的眼看了看之后冷淡地说："把它扔了吧。"他把头转向一边，留给我一个精致的侧脸。我看到他脸上的线条正一分一秒地变化着。"林墨……"我试图叫他，因为我想知道他是不是哭了。"伊哲，扔掉它。"林墨轻微地哽咽着，然后转身离去。我怀中的 Blue 哀伤地唱着歌，似在诉说自己的不幸和主人的无情。

我当然不会将 Blue 扔掉。在洗干净之后，我将它放在二楼的一个小角落里。林墨不知道。

"我不明白你为什么让我把 Blue 扔掉，你不是很担心它吗，林墨？"

"因为我承受不起溃败。我无法面对残缺的 Blue，这会加重我心中的负罪感。"

"扔掉它就能摆脱一切吗？林墨，你这是在逃避。"

"不是。"

"你还喜欢 Blue 吗？"

"当然。毕竟我们相处了四年。"他的声音很低沉。

我跑到二楼把 Blue 从角落里抱出来。“既然喜欢，那么就该把它留下。”怀里的 Blue 正用舌头不停地舔着缠满绷带的爪子，眼里飘忽的诡异幽蓝早已变成让人心生怜悯的泪。Blue 一直在流泪。我想任凭谁看到这样的情形都会动容。我无法理解林墨行为，他竟将 Blue 从我的怀里一把夺下，扔到窗外。Blue 凄厉的叫声如往常一样划破黑夜，瞬间归复死寂。天空似乎流淌出红色。我冰冷着脸死盯着林墨。他看着黑黑的窗棱，沉默。

“我承受不了溃败，早就对你说过了。”林墨低低地说。

就这样匆忙收场。那夜是苦涩的，我的泪流了一夜。

为那只叫作 Blue 的黑猫。

高二下学期伊始，我让叔叔寄来了一瓶香水，透明的绿色液体，生涩而又纯净的气味让我着迷。它足以调动我的每一根神经翩翩起舞，并让我头脑清醒充满活力。我把这瓶香水放在二楼自己小小的房间里，希望它能够改变些什么，尽管它终究改变不了。

那是高中至关重要的半年，林墨家的电话开始频繁响起，许多理科成绩优秀但语文糟糕透顶的学生的家长迫不及待地想要向林墨寻求解决问题的方法。我最常看到的就是林墨以一种不变的姿态久坐于电话旁平静地讲话。众多家长当中只有一个是与众不同的，他不断地询问如何能够提高孩子的理科成绩。是的，那就是我的叔叔。我想林墨对于这个问题一定异常困扰，因为他根本无法解答。“或许只有转科……除此之外，我也不知道有什么办法了……对不起。”

那天晚饭时林墨坐在桌边久未动筷。我知道他有话要对我说。

“你叔叔又给我打电话了。”

“我知道。”

“要转科吗？”

“不要。”

“不想考大学了吗？”

“我无所谓。”

“可是你叔叔想让你上大学。”

“我不想为任何人考大学，尤其是他。”

“如果你依然坚持学理科，我就申请去文科班教语文。”林墨看着我，认真地说。

几个小时之后，我终于拭干眼泪决定昂首挺胸地走进文科班的教室。眼泪不是流给别人看的，无论是多么大的悲苦，到最后都要在外人面前做出无所谓的样子。我知道自己并不是真正地悔改了，现在所做的一切都是为了林墨，因为我再也不忍心看到他狭长的眼中流露出丝毫失望的神色。在过去一年多的时间里，他眼中因我汹涌而出的失望足以汇成一条河，湮没整个夏溪镇。

林墨是个骄傲、霸道却又善良的人，我无法在这巨大的落差中小心调整，可我偏偏爱他。

To be or not to be，that’s a question.

我忘记了那段时间自己究竟在夜晚背了多少书本，那些好似还带着油墨香气的书页在我消瘦苍白的手指间哗啦哗啦地消失不见。消失。不见。如同我们慢慢褪色的年华。背不下去的时候我便抬头看看窗外的天空和星辰，疲惫得已忘记所有言语和酸楚。林墨会在夜凉如水的凌晨在我的桌子上放一杯热牛奶，他被雾气氤氲的脸成为那段时间我脑海中最清晰的记忆。

两个月之后我背完了文科所有的书本，心骤然平静，只待高三轮回般的复习。战场上的士兵在最疲倦的时候之所以能够坚持下去，是因为他们看到了未来的胜利。我也看到了，尽管它异常渺茫，可是依旧存在，无法忽视。我对林墨说我的前途一定是无比灿烂的，我要做太阳鸟，我要飞。林墨笑，不说话。

在说完那句十七年来最为积极的话之后的两个星期，我就被接回到曾经生活了十六年的北方城市。我没有反抗，纵使心中有些悲凉。原来这句积极的话到头来只是一个可笑的，安慰自己安慰林墨的谎言而已。

关于离开，我几乎没有记忆。

林墨说自己是个容易溃败的人，不愿承受离别。可是当汽车启动时他却突然从屋里跑出来，一边跑一边喊："伊哲再见，伊哲再见。"

高三那年我唯一能够记得的就是冬天的寒冷。教室的玻璃上结出的窗花。芦苇的影子时常晃动在脑际，我时常想会不会有无法飞回南方而栖息在那里的候鸟。

叔叔为我在学校旁租了一间房，附近有午夜咖啡馆和二十四小时营业的超市。我喜欢在凌晨去咖啡馆喝卡布奇诺，牛奶、咖啡、肉桂、柠檬混合在一起幻化出怀旧的味道。

窗外的雪把暗淡的咖啡馆映得明晃起来。昏黄的玻璃窗上，身影模糊。

那时的我已经没有时间去想念林墨，甚至没有意识到即将到来的春天。

高考结束之后我去了一座北方城市念大学。学习摄影。

大一下学期的时候我开始做家教、兼职 DJ 等工作，并在空闲的时候给时尚杂志写稿。我用赚来的钱租了一间小房，彻底从八人的宿舍里搬出来。我喜欢上 shopping、健身，并在心情愉悦的时候和少数优秀的男孩恋爱，但是拒绝他们为我支付任何费用。从小寄人篱下的生活让我过早地得出一个结论：绝不能亏欠别人任何东西，否则偿还起来会很痛苦。我会定期给叔叔寄去一笔钱，他并没有付出任何感情，金钱的偿还对他而言已经足够。

再次见到木小楠是在一座很小的城市的一所很小的疗养院。我曾以为这一生将再也见不到他。深秋，疗养院看起来像是荒废已久的小公园，园里有颓废的假山和开败的玫瑰。那时我大四，专业课老师要求拍一些边缘人生活的片子，我来到这所疗养院。这里面住着各式各样的人，疯子、瘸子、

瞎子、聋子、哑巴……我顺着狭窄幽暗的走廊慢慢向前走，地砖残留着刚刚清洁过的湿漉，空气中弥漫着一股刺鼻的消毒水的气味。

一个身影从一扇半掩着的门后显现，闯入我的视线。很高，瘦，白色的衬衣在风中飒飒作响。我们擦肩而过。他回头叫我，伊哲，是你吗？

六年未见的木小楠已是一个真正的男人了，面部轮廓棱角分明，我甚至觉得他比当年的林墨还要英俊。我们坐在楼下的假山上聊天。他说自己大学毕业之后便就职于此。我问起他当年的不辞而别，他笑了笑，带着夕阳投下的阴影。“我去省城投奔一个远房亲戚，他一直把我供到大学毕业。我想如果不是林墨，我的生活轨迹不会发生如此大的变化……”说到这里木小楠阴郁地对我笑了笑，这让我感到很不舒服。“我带你去见一个人，你应该很久没有见到他了。”

在顶楼的最后一个房间我见到了林墨，事实上，若不是木小楠提醒，我绝不会认为那个斜倚着灰墙孤独站立的男人就是曾经倔犟霸道却又善良的林墨。他看上去比原来更加消瘦，锐利的脸上泛着病态的苍白。“他得了脑瘤。不过当初是因为神经轻微紊乱被送到这里来的。”木小楠缓缓地说。我看不清楚木小楠的表情，可是听他的语气，像在讲一件理所应当的事情。

我走到林墨的身边，“林墨!”我叫他。他转身，“你的声音很熟悉……像是……呃……对不起，我记不得了。”他的语气中略带懊恼，声音犹如耳语，很快便消散在暮色中，化为虚无。“肿瘤压迫视神经，他在几个月之前就看不到东西了。”木小楠的声音依旧平静。

我们重新折回楼下。木小楠的白衬衣被落日染上金黄。

“他曾经对我说，永远都不想再见到我。当我一来到这里，他就……”

“他知道你在这里吗?”

“不知道，他看不见，而我也从不和他说话。”

“你还恨他吗……他毕竟已经……”

“不要为他辩白半句，伊哲。他现在这样是自作自受。是他迫使我离开了夏溪镇，离开了你。”

“……原来这么多年你就是用这样一个借口憎恨着林墨，你在心中告诉自己是他迫使你离开了夏溪镇。你果然是个彻底的笨蛋，只为了保留那点可怜的自尊和卑贱的骄傲。就算你不离开，我也不会和你在一起，因为我爱的人是林墨，我一直都爱他。而你，仅仅是填补寂寞的替代品而已。”

然后，然后我该做些什么呢？我想狠狠地给木小楠一记耳光，我想转身上楼，我想跑进林墨的病房，我想告诉林墨我爱他，我想让他离开这个颓废的荒芜的有着木小楠的鬼地方。可当我走到病房门口，却再也没有勇气迈出半步。林墨穿着白色的病号服坐在床上，低垂着头，一颗大大的泪珠落在并不干净的床单上，发出沉闷的低响。

……

华灯初上的傍晚，我裹着风衣走在黑暗的小巷。一只黑猫蹲于墙头盯着我，幽蓝的眼睛在月下熠熠生辉。恍然间像是重新回到了夏溪镇，我躺在芦苇丛中看飘飞的苇花，听它们窃窃私语。而那只叫作 Blue，和林墨在一起生活了四年，最终却被林墨扔出窗外的黑猫又开始在我耳边唱歌，那悲怆凌厉的声音划破云朵，划破夜空，穿透寂静和深邃，穿越罪恶与黑暗。

奥陶纪

我叫秋禾。秋天的秋。禾苗的禾。
我叫夏牛。夏天的夏。出生的生。

[浮生若梦]

圣保罗教堂是夏溪镇唯一一座基督教堂，由俄国建筑师于1905年设计建造。从教堂出来向北走出一段便能够看到海。一座靠近海洋的北方小镇，按理信息的传播相较于其他城镇理应迅速很多，但居住于此的人们思想依旧略显保守，教徒寥寥无几。平日里教堂大门紧闭，只待到周日才开放几个小时。心存悲悯的为数不多的信徒在那时如同得到了神的福祉，身着肃穆庄重的黑衣，手捧《圣经》，缓缓步入教堂。在深褐色的长椅上坐下，身体挺得笔直，听唱诗班唱诗（当然，有时亦会随着风琴声同他们一起唱诗）、祷告，以及聆听长达一个小时的布道。

凌晨时分，秋禾听到窗外传来的微小声音，沙沙沙沙，如同春蚕吐丝持续不断。正是这声音惊觉了她敏感而脆弱的神经。她从平静的睡梦中醒来，开灯。墙上的挂钟静默地指向三点。她赤脚来到窗边，头发蓬松而凌乱，穿着坠感极好的白色睡裙，袖口被极为巧妙地缝上了蕾丝花边，显得精致典雅。她的一半侧脸完全被头发挡住，沉眠于黑暗，逆光看过去是典型的夏溪镇女子的面容。她皮肤苍白，被天光一映，略有些透明，又泛着隐约的青，像一朵即将枯萎的栀子，散发出颓败的气息。她从书架上翻出一本书。将书放于胸前面对着窗户。淡黄色的封皮上画着一位女子，面容姣好，只是神情略显痴然，似在等未归的情郎，独倚窗边，正值暮春，落花

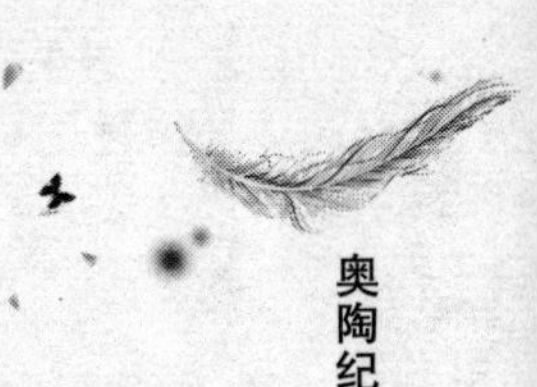

四散飘零。

推开窗。那微小的声响愈加旺盛。沙沙沙沙，是掠过树叶的微凉的风。

光线暗淡了封面上女子的脸，只有那行微草的手写字体仍清晰可辨：《纳兰性德词选》。

谢却荼，一片月明如水。篆香消，犹未睡，早鸦啼。
嫩寒无赖罗衣薄，休傍阑干角。最愁人，灯欲落，雁还飞。

她在黎明到来之前寂静的天空下轻吟着这首词，声音略微有些沙哑，是唇齿摩擦的效果，与旺盛而喑哑的风声相应，透过纳兰被忧伤浸透的词句，在她脑海中谱出了奇特的旋律。永垂不朽，熠熠生辉。在她残碎不全的记忆中，很多事情犹如海浪冲刷的贝壳，遗失了，便永远地遗失了。唯有这首词似是永恒的。《酒泉子》，这贯穿了她整个少年时代的词，犹如黄昏暮色时如水的诗篇，流泻至内心的每一个角落，逐渐在她温暖却遗失了太多记忆的心房幻化出一张脸，一张男孩的脸，同她一般白得微微泛青的面色，暗淡得与年龄极不相符的眼睛直直地看着她，眼神略显疲惫。她知道，他又回来了，真的回来了，不是他的身体，而是对他的回忆，汹涌澎湃，如涨潮的海，轻易便占据了她内心最为纯净之处。她的少女时代，她的少女情怀。

秋禾时常做同一个梦。无数次。在梦中她的胸口如被巨石所压，沉闷得难以安稳。她梦见自己站在空旷的巷口，大雪纷飞，风从回忆的方向吹来，冷得她环抱住自己的身子。梦魇的最深处，一个女孩向她奔来。那是拥有着她望尘莫及的花一般年龄的女孩，清瘦的面庞带着稚气而倔犟的神情，如一枚青涩的果实，或许并不甜蜜，却令人禁不住喜爱。她赤着脚飞快地奔跑，在雪地上留下一串欢乐的脚印。她还梦到植物，是她从未见过的绿色植物，柔软的藤蔓如同女孩飞扬的长发，淡然而又均匀地涂抹在以灰白为底的梦境之中，盎然出春的气息。

走，秋禾，跟我来。她在梦中听到这样的呼唤，是男孩的声音，像深夜寂静的大海般温柔而缱绻，渐渐淹没她枯干多年的心田。她在梦中睁开眼，眼前的男孩消瘦且苍白，额前柔软的黑发遮住了眉，眼睛却灼然明亮，刺得她微微皱起了眉头。锁骨纤细，脖颈修长，亦是微微泛了青的。白色的衬衣一尘不染，衬着他苍白的皮肤，透明一般。是你吗？她沙哑的声音似要在空中划出一道血痕。然而，再无应答。

黑暗中一束光刺破浓重的雾，夹杂着轻声的咳嗽，逐渐在不足十平方米的小屋中弥散。睡意蒙眬中她听到有人叫她，秋禾，起床，起床。犹如耳语，一遍遍地回响。她困顿难耐，侧过身，用被子紧紧捂住头。然而那声音依旧不断。睁开眼，却是闪烁的烛火，顺着烛火的方向望过去，是窗。

窗外飘落着安静的雪，偶尔起一阵寒风，雪被吹得上下飞舞。面前的女人手持烛台，以一种悲漠的神情注视着秋禾，能够看得出，漠已大于悲。火光映在女人脸上，皱纹已如窗外寒冬，深得不愿醒来。是曾经美丽过幸福过的女子，那颓败如栀子的脸上依旧有着些许年少时矜持傲慢的神情，只是已被风霜侵蚀被岁月磨平，独留下残损的部分以倔犟的姿态固守最后的矜持。“秋禾，去对面的街上买些中药回来吧，郁的药又用完了。”女孩秋禾疑惑着，但瞬间清醒。这是她几年前住过的地方，这里有她熟悉的味道，面前的女人是她那出身高贵，中年之后却境遇悲惨的婶母，而她，亦回到了十五岁。

秋禾迅速拿起搭在床头的灰色棉衣，厚重的棉衣使她倍感压抑。但她知道，在这样的境遇当中，若是拒绝沉重，等待自己的只有悲凉的死亡。球鞋的表面尽管涂抹了滑石粉，依旧露出了洗不掉的灰色。她的一半面庞浸在黑暗之中。她乖顺地从女人手中接过一把零钱，塞进口袋。开门的一刹那，咆哮的寒风肆虐而进。逆风转身，但见房间深处隐约有个男孩的身影。

时年十五岁的女孩秋禾走在灰蒙蒙的大街上，浑身冰凉。街上没有一个人，路是青石板砌的，走在上面能够听到自己软弱无力的脚步声，像是寄人篱下的奴隶，无论身体如何强壮，也只能用来出卖，只有灵魂是自己的。或许有朝一日，灵魂连同肉身都将被一同出卖。秋禾断断续续地思量着这些事。贫穷如同冬日的霜，能够轻易冻死绽放在少女体内的独属于十五岁的骄傲。耳畔传来遥远的风声，恍然是站在落满积雪的山顶，空旷辽远。秋禾的头在那一瞬剧烈地疼痛起来，这疼痛是从心底汹涌而出的，泛滥成河。

郁。郁。秋禾低声念着这个名字，捂着嘴哭了起来。

单字的名。预示着悲凉而孤单的一生。

郁是秋禾的堂兄，年长她两岁的南方少年，头发漆黑，额发软软地垂下，只留出一双暗淡的眼，像是变伤的旅人，静观世间花开花落，云卷云舒。郁六岁时父亲亡故，与母亲一起搬到这偏僻的小镇，租了间小屋，蝇营狗苟地生活。他是从小受过苦难的少年，穿白得扎眼的衣服，赤脚走在雨后的田埂之中，沉默无言地看着原本美丽高贵的母亲为生计奔波操劳，如凄楚的花逐日凋谢。直至十二岁那年，秋禾走进他的生活。

那清澈透明的女孩，苍白高挑，拥有一双杏仁般的眸子，头发漆黑浓密。很多个夏日夜晚，他沉浸在酣然的睡梦之中，伴随着一片微黄的光，听到女孩的呼唤。郁。她的声音柔软温润。他睁开眼。秋禾手中电筒的光映在他脸上，错落出暗淡的影。她的锁骨瘦长，穿着无袖的白色睡裙，裙裾向

上卷起，如蔫谢的百合。“我们一起出去捉萤火虫好不好?”她苍白的脸上带着浅浅的笑，如泼墨画一般逐次渲染。他迅速穿好白衬衣，与她一起跑入黑暗笼罩下那片绿色的高草丛中。

秋禾。想起那个夏天的傍晚，那个沉默少年脸上绽放的笑容，身上似乎是暖了些。彼时阳光透过云层慢慢溢出，像稠软的黄油涂抹在面包上一般诱人。

买完药回到家。婶母眼眶通红地盯着秋禾，满眼是泪。“郁刚才又咳血了。”

沉默。她从口袋中将中药拿出，递给面前的女人。女人转身，走入厨房，黑暗瞬间如洪水般将之淹没。炉子发出咯吱咯吱的声响，屋里逐渐弥漫起草药香。

一年之前，郁莫名其妙地胸口疼痛，浑身无力，继而咳血。去到镇上的诊所，大夫随手开了几帖药，并不见效。后来寻得一名老中医的药方，坚持服用，虽然胸口疼的毛病是止住了，少年却早已骨瘦如柴，病入膏肓。一支即将燃尽的蜡烛，灭即灭，纵然想尽一切办法，亦于事无补。郁生病之后，秋禾时常守在他床前，眼睁睁看着曾经面目清朗的郁被折磨得变了模样，消瘦使他的眼睛显得格外大，但却无神，像掉进了枯井，了无生趣。他时常昏睡，偶尔醒来，同她说话亦气若游丝。

秋禾脱掉棉衣，来到少年的床边。床前是一扇窗，望出去，女孩惊诧地发现天空中竟布满了镶着金边的云朵，如同教堂里的壁画，高贵且庄重。“郁，你看，那些云。”她轻声呼唤。少年睁开眼睛，云朵的光不知不觉让他泪盈满目，荡气回肠的感动，抑或是解脱前的温暖征兆。

“是天堂的大门么?”

煎完药的婶母踏进房间时秋禾正站在窗边，淡蓝的天光将她的侧脸映得格外动人。天空清湛，万里无云。床上的少年停止了呼吸，身体却还温热。女人把药放在桌边，定神凝视这少年——自他生病之后她便再无勇气正视的儿子——安详淡然的面庞，嘴角微微上扬，像是得到极大满足的孩童。她看着他，一直看着，微笑地看着。只是，下一刻她猛然间意识到什么，失声痛哭起来。

曾经，秋禾亦为少年即将远去的生命潸然泪下。可是当她看到他脸上安然的笑容时，瞬间释怀。

逝者如斯。

当一个人活得已经失去尊严，生存远不如死去美好。然而人总是自私的，他们宁愿让身边的人痛苦地活着，亦不愿面对安详地离去。死亡并不是生命的终结，而是另外一种生存形式的开始。然而这个道理许多人至死亦不明白。

［暮色中的男孩］

在十五岁的尾巴上，婶母亡故。对于秋禾而言，生命中已无任何亲人。追悼会上前来吊唁的人哭得昏天黑地，而一身白衣的秋禾立于一旁，双目冷然，犹如看客。

那是一个深秋，原本温柔的风在秋冬之交变得肃杀，锐利地将天空切割得极不规则。偶尔看见几只落单的大雁，有气无力地飞过，如同秋禾命中注定的孤独谶语。

少女秋禾的十五岁，伴随着死亡与颓败，在被送到孤儿院的那一天彻底画上了句号。

孤儿院坐落于夏溪镇的最南边，收容失去双亲的本镇少年。按照规定，成年之后的孤儿便得离开孤儿院，自食其力。事实上，何处是自己的容身之所，秋禾并不看重。冥冥中有一种力量在推动着她前进。她想，自己现在所遭遇的不幸，所经历的风浪与坎坷，都是为了迎接那劫后余生的庞大幸福。十五岁，绝非看透生死的年纪，自然有喜怒哀乐。只是有时悲伤苍凉来得过于巨大，她瘦弱的身躯难以支撑。直到走进了圣保罗教堂，聆听唱诗班圣洁轻灵的赞美诗以及牧师专注的布道，那枯槁已久的心灵之船才顿然有了归宿。那才是她想要的，精神的依托。

站上受洗台的那一刻，眼前重又出现了镶着金边的云朵，她知道，自己将重获新生。

十五岁的最后一日，少女秋禾接受了洗礼。

孤儿院里所有的孩子都对少女秋禾的到来留下了深刻的印象。那是一个阳光淡然的秋天午后，他们刚刚在阅览室里进行完长达两个小时的阅读课。院长牵着一个陌生的女孩走进来。女孩很瘦，皮肤苍白，穿着黑色的裙子，额前的刘海儿略长，斜斜地遮住了眉眼，头发披散下来，浓密且散着清香。一枚小小的十字架悬在胸前，给她平添了几分神圣高贵的气质。短暂的沉默之后，院长让她自我介绍。

我叫秋禾。秋天的秋，禾苗的禾。她的声音很小，掩饰不住的温柔，但略显拘谨。

阳光由淡薄到黏稠，再由黏稠到淡薄。暮色降临了。

晚饭时候，女孩被安排在夏生旁边。她规规矩矩地坐下，不像顽皮的小姑娘般东瞧西看。她的眼睛一直盯着黑漆漆的桌子，双手交叉于十字架前，直到身边的少年轻轻触碰她的胳膊，“给，这是你的那份。”她恍然醒来，道谢，并下意识往身边瞧去。就只那一瞬，她惊觉地微启了唇，哑然失声——她看到的，是多么漂亮，多么熟悉的一张脸啊。不染尘世雪霜的清朗的男孩。干净得让人不忍触碰。他嘴角上扬，正对着自己微微地笑。他和郁何其相似啊。若不是郁早已安睡在白云之上的天国，自己会不会以为，他就是郁呢？

不。那不是郁。郁的眼神是那么暗淡。而他，他的眼睛灼然明亮。

“我叫夏生。夏天的夏。出生的生。”

“我，知道。”

她当然知道面前这个叫夏生的少年。晚餐之前她便已从院长口中得知了些许他的情况。十六岁，成绩优异，却不愿担任班里任何职位，性格温和，热爱诗词，一直非常讨人喜欢……只是，身世不幸。他是男欢女爱的产物，无人为之负责的遗腹子；他是从出生便一直在孤儿院生活的男孩；他亦是对自己身世不闻不问的豁达看客。

夏溪中学是夏溪镇最好的高中，虽是小地方，却以每年本科升学率百分之百而闻名全省。秋禾与夏生同在一班，只是并不同桌。秋禾是生性清冷的女孩，崭新的环境几欲张开双臂迎接她，她却漠然地将其拒之心门外。而夏生不。夏生对身边的每一个人都总是非常友好。每当下课，夏生的身边就会围满捧着书请教问题的女孩。她们的脸上开满了娇羞的绯色花朵。看得出，夏生深受女孩们的青睐。可是除了讲解题目，他对她们说的话只有——嗯。谢谢。就这样。再见。

他对秋禾说，宽以待人似乎已成为他不可推卸的责任。因为，他根本不知该如何与人争执抑或拒绝。可是他对她们却是轻视的，他甚至猜测自己是班级中最为轻视她们的人。纵然如此，他依旧解答着她们所提出的一切问题，不厌其烦。

“秋禾，我很羡慕你，你可以做到对她们无视，并在孤独一人时依然淡定，我做不到。”

“你看那些草，夏生。”秋禾没有接他的话茬儿，而是伸手指向苍茫的远方。夏生顺着那方向望过去，是一片落寞的山冈。荒草萋萋。

"我就像那些野草，无人照看，虽然此时生机勃勃，但最终却只能自生自灭。而你不同，夏生。"

他果然是极为优秀的少年，每次考试成绩总是全班第一。而她，语文和英语很好，数理化却一窍不通。他为此伤透脑筋，多次提出帮她补习。而她则微笑着拒绝。她的书包总是放在学校里，极少带走。她不写任何作业。待夏生温习完功课，她便为他心平气和地念一段《圣经》。有时他心情莫名焦躁，难以自持，她便把手放于他的胸前，如此，他便会奇迹般地平静下来。

还记得那段祷文么，夏生？这是我每次聆听完布道都要朗诵的。"我们在天上的父，愿人都尊父的名为圣，愿父的国降临，愿父的旨意行在地上，如同行在天上。我们日用的饮食，今日赐给我们，免我们的债，如同我们免了人的债。不叫我们遇见试探，救我们脱离凶险。因为国度、权柄、荣耀，全是父的，直到永远，阿门。"

刚开始我不知如何诵读，只是静默地低头聆听。人们全部站起来的那一刻异常庄严。

我是那样深爱这段祷文，它遥远得如同来自天堂。

夏生，圣保罗教堂有着暗红色的墙壁和尖尖的顶，高耸的十字在黄昏时刺向天空，纠缠出艳丽的墨朵。很多红砖早已磨损不堪，露出了冰冷残破的钢筋骨架。那些缠绕于栅栏之上的纯澈的绿色植物以近乎暴戾的速度在明晃晃的夏日迅速滋生，然后在寒冷的冬日孤独壮烈地死去。它们的尸体星罗棋布，掩埋了世间所有悲伤的泪水，以及欢乐的笑颜。你知道吗，年老的教徒总会对着教堂即将腐朽的门轻声叹息，他们认为，大门的腐朽是圣保罗教堂衰落的象征。

我被虚空中的手引至上帝面前，拖着有罪的肉身，在上帝的审视之下，请求他的原谅。

吃圣餐时我们是多么地虔诚。尽管我知道，那象征着耶稣残缺身体的饼以及葡萄酒，只是最为普通廉价的饼与葡萄酒而已。

他们曾经一起去过教堂。彼时暮色早已降临，在天空浸染出奇特的色彩。钟楼上尖尖的十字隐没于落日余晖，教堂周围长满了寂寞的野草，冷傲地指向天空。男孩夏生穿着白衣跑进草丛，荒芜的草瞬间吞没了他的身影。唱诗班轻灵的歌声隐约地飘浮在满是水汽的黄昏里，久久不散。

推开门，便是满眼深褐。

伴随着悠扬的钢琴声与风笛声，教徒们都站起身，随着唱诗班一同吟唱。秋禾从前排座椅上拿起一本公共《圣经》，上面是密密麻麻的赞美诗，还有音符。

但愿恩慈之主，时常伴我到终身，常将快乐平安，鼓励安慰我心。

导我脱离疑惑，拯我避免忧惊，无论今生来世，使我蒙主宏恩。

在此之前，夏生从未接触过赞美诗，但此刻他却仿若一个真正的基督教徒。他的声线清澈哀伤，他的表情庄重高傲，他的心性警惕悲悯。这都源于他天生的聪颖早慧。秋禾定神凝视，那一刻她认定，夏生本该是唱诗班的人。

他对她说，在学校里的他其实是没有朋友的。朋友是什么，只是逢场作戏的工具。若是可能，他宁愿整日待在屋里，不与任何人有过多接触，像是深海之中的沉沦，无声无息。而这一切，若非在秋禾面前，他绝然缄口不提。看着面前清瘦英俊的少年，秋禾心中如浮云掠过般温暖。信任往往令人愉快。“你看过纳兰性德的词么，秋禾？你应该去看，他是我最喜欢的词人。知道吗，他改变了我的心性。”

秋禾，曾经有人说，纳兰之所以为纳兰，并非因他出众的才华，仅是因他高贵的出身，如此而已。可是，透过那些温婉如水的词句，我却能看到摇曳的佛灯，清亮的光芒以及漆黑的窗棱，正如他所写：“正是辘轳金井，满砌落花红冷。”而他，纳兰性德，满清的高贵男子，独守窗边，背影落寞得不可言喻。清冷华丽的词藻，字字有血，句句含泪，抒写对红颜知己的怀念以及对过往的吊唁。幸好，这有着奢华却悲苦一生的男子，早在几百年前便脱离苦海，化为天空中的一颗星，微笑，抑或缄默地望着尘世继续上演喧嚣及悲欢离合。“人生若只如初见，何事秋风悲画扇。”他的悲剧，融入词中，便不再是他一人的，是我的，是你的，那充满高高在上的爱的世界之中，凝结着透明的泪。

曾有一段时间，大抵是夏天，每每温习完功课之后，男孩夏生便手捧一本封面微微泛黄的《纳兰性德词选》，坐在樟树下。他骨节分明的手指轻弄着书页，绯色的花在他指尖绽放。女孩坐在一旁，浓密的头发披散在肩头，散发着淡淡的香气。他们同看一本书，并在一同念完一首词之后静静欣赏院里绽放得如火如荼的蔷薇。

他依旧是尚未学会如何讨女孩欢心的木讷少年，甚至不知道摘一朵开得正好的蔷薇别在她漆黑的发间。幸而她也并不以为然，自己折下一枝衔在口中，冲夏生微微地笑。夜幕降临，星星点点的灯火衬托出夜的一片安静祥和。月华如练，花香逐渐浓郁。“再念一首吧，夏生。”她低声央求。他没有翻书，抬头看了看天，又闭上眼睛，像是已经睡着。

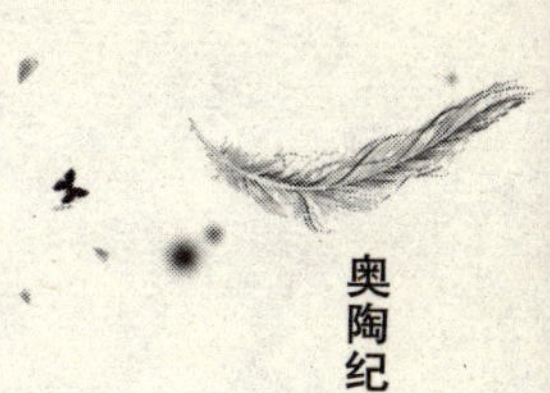

谢却荼，一片月明如水。篆香消，犹未睡，早鸦啼。

嫩寒无赖罗衣薄，休傍阑干角。最愁人，灯欲落，雁还飞。

知道么，夏生，那是我生命中最为美丽温和的岁月。不必多言，只是静静地聆听那仿佛可以与黑暗融为一体的忧伤。那会令我联想起孤单而悲伤的清晨，在阳台上眺望落单的候鸟，心中苍茫不已。

［光影静默］

秋禾为自己倒了一杯水，冰冷的水，然后狠狠地灌入胃中。胃开始剧烈地痉挛。破碎的时光犹如魔咒凝聚于此，她难以逃脱。她来到镜前，十五岁少女的倔犟稚气的脸终于消失。脚步声渐渐平息下来。充满迷雾的房间亦渐渐清朗。

她在镜前梳理头发，她的发依旧如少女时一样柔软漆黑，未曾改变。只是容颜枯槁憔悴。她将脸贴近镜子，凝神细视，竟发现了几道新生的皱纹。尽管早已懂得女人的苍老犹如海棠的衰败，草木枯荣，日升月沉。可是那一刻，心中的恐慌依旧难以言喻。她将双手悬于胸前的十字架，默默祷告，终于落泪。

穿着黑色的衬衣与白色裙子、白色球鞋，盘起头发，胸前的十字架依旧闪亮。她以这样的装束行走于夏溪镇的石板路上，引得路人纷纷侧目。并非因她装束的突兀。自始至终她都是镇上最为古怪的女孩，过着足不出户的日子。二十四岁，理应是认真奋斗的年龄，她却带着一大笔钱从城市回到镇上。并非风情万种的类型，却有众多的追求者。那些男孩有铁一般的胳膊与胸膛，阳刚至极。可她清冷寡凉，从未将他们放在心上。生活寂寞缓慢，她却习以为常。

教堂大门敞开，却无人进入。野草已疯长到无法收拾的地步，嚣张地撕扯着天空。她走进大堂。空荡荡的大堂中坐着一个陌生男子，身着黑衣。黑色的帽子遮住了脸，看不清面容。听到有人进来，他竟没有回头。这令秋禾心生疑惑。教堂早已衰落，牧师也已离去，而那些虔诚信奉基督的老人们，也大多寿终正寝。

“我，是新来的牧师。”男人的声音带着大病初愈般的疲惫，难以辨别原有的声线。

“我能否和你说一些话？有些事是需要倾吐的，否则，会硬生生地卡在脑子里刺痛得难受。”

十八岁时，她与夏生一起离开了孤儿院，在省城两所相邻的大学上学。夏

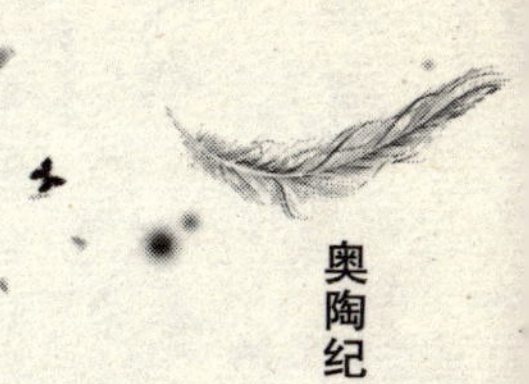

生的学校是“211”工程的重点大学，这聪颖的少年为自己选择了热门的计算机专业。而秋禾上的只是普通专科，学习英语。开学之后，她发现老师呆滞着一张脸所讲的内容不过是在可笑且毫无意义地延续着高中的知识，于是她开始逃课。她不仅逃掉公共课，而且尽其所能地逃掉一切专业课。她经常去找夏生，期望同他讲话，然而却经常被温和地拒绝。“秋禾，你应该认真念书。”男孩像教育妹妹一样教育着秋禾。她微笑着点头。下次依旧会逃课去找他，再被拒绝，乐此不疲。她一直都是特立独行的女孩。

直到有一天，夏生终于答应逃掉晚自习。出现在秋禾面前的穿着白色长袖衬衣的温和男子，依旧如少年时代一般干净清澈。他们手拉手走在路上。这是他们第一次牵手，却非以恋人的姿态。男孩的手，握上去柔软温暖，极有安全感。“秋禾，你最近在做些什么？依旧会念《圣经》么？”他随意问起。夜风拂面，他的头发微乱。“逃课之后，我做了很多事情，比如写字、涂鸦、念书。时间并没有因为我的逃课而被白白浪费。我依旧活得充实而愉快。”似乎是在为自己开脱，她的声音带着无辜与纯真。他笑，伸出手拍了拍她的头，却不禁错愕。

有时，外在所维持的关系仅是一个幌子，存在的目的也不过是让外人观赏。但纵然如此，也无法掩饰本心。这自十六岁便与他形影不离的女孩，是他在学校里唯一可以肆无忌惮讲话的朋友；是在他心烦意乱时为他朗诵《圣经》令他心情平复的天使；是同他一起在弥漫着蔷薇花香的院子里低吟纳兰词的知己。那么，她必然早已成为他生命中的珍爱，潜藏于骨血之中，深沉且浓郁。

他没有任何流露，仍然是不会讨女孩欢心的木讷少年，但是他的灵魂正因此而美丽，因此熠熠生辉。因为他在心底某处埋藏了骄傲。路过书店，他和她一同走进去，不容分说直奔人气寥落的古典诗词区。他们都是对潮流文学心生厌恶的年轻人。他从书架的最下面翻出一本《纳兰性德词选》，付款之后递给她。这是原来那本的新版，已经印刷过多次。

她在宿舍里默默地读纳兰词，用 4B 的铅笔在上面做着各种标记，或者将书合起看着封面上的女子发呆。

夏生依旧是系里最优秀的男生，如同高中时代一样，身边不乏笑容暧昧的女孩。他依然不为之动容。这些来自大城市的姑娘们，性格中的纯真早已在十八岁之前消失得无影无踪。她们路过他身边时会故意碰到他的肩膀或手臂，这些有意的暗示令他深恶痛绝。但他依旧只会漠然应之。夏生原本便是温和的男子。他把每一个对自己示爱的女孩同秋禾比较，然后垂下头去，不再过问。

她有很长一段时间没找过他了。半年，抑或更久。她未曾与他联系，而他亦找不到她。

半梦半醒的夜里，他却突然接到她的电话。她在电话那端哭泣。“我过得不好，夏生。”声音沙哑。

“七个月前我恋爱了。知道么，夏生。他是我们系新来的英语老师，长我十岁，总是穿笔挺的西服，看上去庄重而严肃。可是他笑起来的时候却像孩子一般惹人喜爱。我不知该如何像班里其他女孩一样耍些伎俩让他注意到我。我只是跑去告诉他，我喜欢他。他用一种郑重其事的眼神看了我很久。像我这样落拓的女子，唯有胸前的十字架令我稍显庄重。”

迟疑片刻。他说，秋禾，你一直都是与众不同的。你的纯真与无辜使你异常美丽。

“我与他住在了一起。每天清晨，睡眼惺忪地为他热牛奶、煮鸡蛋。然后同他手牵手散步到学校。他的掌心干燥温暖，那是一种足以让我脸红的温度，与你的截然不同，夏生。”

电话这头，男孩夏生感到自己即将无声无息地沉沦，万劫不复。他仿佛能够想到此时秋禾无辜的眼神，她并未觉察自己的言语已经伤到了他。他的心甚至为此流血，凄艳无比。

“他像宠爱孩子一般宠爱我。我们之间一直是洁净的，不存在占有与被占有，侵入与被侵入。在外人眼中，这根本不像是一场恋爱，但这便是我最初的意愿。两人之间，若是甜言蜜语，卿卿我我，便不能冷静地谈论诸多话题。我们都不想如此。他为我买各种糖果和娃娃。带我去吃鲜艳的日本寿司，北极贝和鳗鱼饭很好吃。我突然感到幸福。夏生，幸福生生不息，而我的幸福却姗姗来迟。

“可是后来他病了，来势汹汹的疾病把他击垮。我一直都在照顾他。他躺在床上，逐渐消瘦，身体虚弱，行走的时候需要我的帮忙。我为他朗读《圣经》，唱赞美诗，在他熟睡之后为他祷告。以前面对将死之人我只会祈祷他死得安宁，升入天堂。然而这次我却祈祷他能完好地活下去。因为，他是我幸福的全部来源。若他离去，我不知该何去何从。

“他已不能动，全身僵直，气若游丝，整日昏迷，甚至失去了感知疼痛的能力。我还记得那个清早他醒来之后试图抚摸我的面颊，却发现手臂失去了知觉之后的恐慌。他在我面前绝望地哭泣。这让我突然想起了死去的郁。我心如刀绞，拥着他，陪他一起放声大哭。我多么希望被他抛弃，心中充满复仇的恨比悲苦的爱要好受得多。可他偏偏是如此深情的男子，我

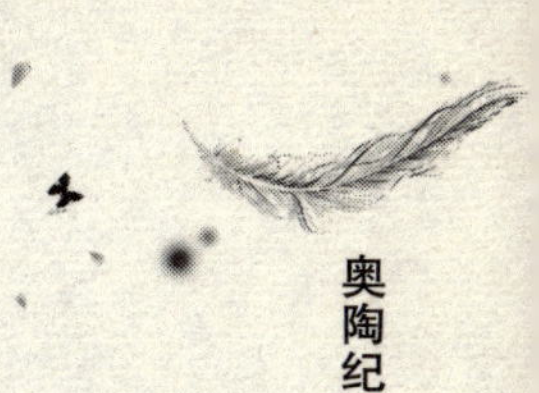

无能为力。

“夏生，他死去的那天大雪一落无边。风雪肆虐之时我仿佛看到了一个身穿黑袍之人走进来，带走了他。”

仰望我家乡在那边，光明河生命树永不迁，在那边众圣徒大欢喜，永远全穿上洁白衣。

已经有亲友在那边，都是由此活路先到天，在那边唱新诗享安息，永远住乐地福无比。

现时主耶稣在那边，等一等我与主面对面，同众圣并天使赞美主，永远无罪恶无愁苦。

那次通话之后，他们再未相见，亦不知道是谁消失了。

已近中午，教堂浸泡在阳光之中，平静安详。秋禾的双手交叉于胸前，纠结出寂寞的姿态。她的面色在叙述的过程中愈加苍白，唇略微有些颤抖，像乱风中的花瓣。牧师静静地坐着，一言不发。

“上帝像是怕我受到更大的惊扰，于是把此后的记忆从我的脑海中掠走。”

“让我来告诉你吧。那个叫夏生的男孩，毕业之后一直在找寻你。可是你却杳无音讯。直到几个月前，他无意间得知你已回到了夏溪镇。于是，他也回来了。他并不奢求成为你幸福的来源，可是你却是他生命的全部。”

牧师伸出右手，缓缓摘下宽大的黑帽。呈现在秋禾面前的，是一张精致干净的面容，嘴角微微上扬，柔软漆黑的额发遮住了眉，一双眼睛散发着灼人的光芒。

“……夏生，是你吗?”

不离

现在偿还的时候已经到了。
让我把你曾经给予我的一切。
都还给你。

四年前的某个夜晚我窝在沙发里静静地看完了一部叫做《纸风筝》的连续剧。

如同一朵花在黑暗中抖落剔透的水珠，羞涩而茂盛地开放；如同一枚果实在阳光的照射下，带着青涩与微苦被轻轻摘下；又如同一只纸风筝被放飞高高的蓝天，若有若无地晃动。美好的年华带着青春的蒙眬与年少稚气的感伤，像是蒙蒙亮的天空。那时的一切都还没有变得通透。身边有一个人可以被自己随时地看到、想到，甚至能够和他深深地拥抱，但却无法向他言说内心最真实的想法。它们仿佛是一片片玻璃，一碰即碎。或许，或许这就是少女情怀吧。

淡蓝的天空中，棉花糖般的云朵，纸风筝仿若即将远离，却一直不离不弃。

1.

肖叔，这些是写给你的。尽管你或许永远都看不到。

我的脑海中总是会出现那间只有十四平米的小屋，厨房和卧室用几块已显出腐朽姿态的木板简单相隔。床上的被子凌乱着没有整理，上面有睡过的痕迹。厨房一角堆放着即将腐烂的蔬菜水果，散发出难闻的气味。那是医

院分给你的单身宿舍，无比简陋，但对于一个刚刚毕业连做助手都令人怀疑的年轻医生而言，得到这一切已是诚惶诚恐感激涕零。那年你二十六岁。在同事眼中，你是清冷孤傲沉默寡言的男子。你总是穿那件白色的衣服，终日匆行于医院之中，奔跑起来的时候白色衣角会缓缓飘动，像寂寞的风筝。

我从来不知道一个人竟可以如你一般，同时工作、攻读博士、背单词、写论文，除此之外还要照顾我，定时为我检查身体、测量体温。童年时很多个夜晚我会在午夜平静的睡梦中醒来，墙上的老挂钟已敲了十二下，你却依旧在伏案苦读。窗外的夜色安静而温柔，借着写字台上昏黄的灯光我看到你年轻苍白的脸，没有笑容。清晨六点，太阳尚未出现。当我依旧酣睡在昨夜灰白的梦魇中时你已悄然起床，抱着厚厚的大开本的英语书坐在窗边静静地看。窗户微微敞开，清晨细细凉凉的风吹进来。你坐得那样直，器宇轩昂。我时常在悄然醒来之后藏在被子里偷偷地观察你，在心中默念道，这就是肖叔啊，我的肖叔。他是我的岸，有他在身边就不用惧怕任何的东西。

你看到我醒了。你对我微笑。你来到我的身边。你亲吻我惨白的脸。你的唇如干燥的花瓣。

“点点醒了么？早上好。”

“肖叔早上好。你该去喝一杯水了。”

你是宠爱我的，我知道。尽管那时你收入微薄，却依旧为我买来昂贵的娃娃和华丽的公主裙。你喜欢看我穿着华丽裙子怀抱娃娃像个真正的公主一样站在你面前叫你肖叔，你的笑容灿烂得如同春天灼灼盛开的桃花。我明白那时你对我无限地宠爱是为了尽可能地消除我心底的阴影。可是肖叔你知道吗，尽管你每天清晨都会亲吻我的额头，尽管我每夜都可以在你怀里安然入睡，尽管你给我无微不至的照顾让我像个普通而幸福的孩子，可是那些阴影终究消除不掉，还是夜夜潜入我的梦境，就像不祥的乌鸦，伴随着那场声势浩大的雨，逐渐倾覆。

肖叔，你见到过我丑陋畸形的心脏吧，我甚至能够想象得到你第一次看到它时年轻的脸上露出的惊讶且恐惧的神情。它如同一个恶魔左右着我的童年。不能奔跑。不能同小伙伴玩耍。不能拥有正常孩子理应拥有的一切。而且，我是没有妈妈的，陪伴我长大的是一个被我称作姐姐的人，事实上她的年龄足以做我的姨妈或姑姑。她给予我的关怀让我曾一度认为自己是不需要妈妈的。岁月的流逝剥夺了她曾经年轻美好的容颜，她看上去苍老而虚弱。我是她唯一的亲人，也是她生活的全部。她会因我的开心而开

心，因我的心脏而难过。我厌恶我的病，它最大限度地约束了我。但是我又很感谢它的存在，如果没有它，我便不会遇到你，更不会得到你的宠爱，那将是多么大的损失啊。你的爱成为我长大的养分，它是水，是阳光，是维他命。

那场声势浩大的雨成为我心中挥之不去的阴影。时至今日我依然记得当时被姐姐用大衣紧紧裹住，她在雨中狂奔，我躲在她干燥而温暖的怀中感受着黑暗带给人的恐惧以及雨水汹涌。眼前忽然一片明亮，雨像是遇到了海绵，被吸尽，无影无踪。我感到自己被一双大手抱了起来，银白的灯光放肆地打在我脸上。我微微睁开眼，眼前是无数晃动的人影，我试图看清他们，可终究一无所获。只有一张脸是清晰的，一张男人的脸，离我最近，年轻且干净，像个尚未长大的孩子，不染尘世雪霜。他在指挥身边的护士准备手术。我想，那是给我准备的。然后我便眠去了。疼痛蓦然消失，眼前出现湛蓝优雅的天，没有飞鸟，没有风，只布满了安静祥和的云朵。我变成了一只纸风筝，在云中穿行。我从小就是个胆小的女孩，可飞翔在这样的高空中却没有任何恐惧，因为牵引我的线始终被一个男人紧紧攥着。由于距离遥远，我看不清他的脸。我想，我或许已经死了。对于死亡我并不恐惧，姐姐曾告诉我，死亡并不是结束，而是另一种生存形式的开始。那是一种美好的感觉，脱离了痛苦与灾难，就像离线的风筝一样自由翱翔于苍穹。我被这个比喻深深吸引。肉体的疼痛早已使我对活着的意义产生怀疑。可当我把疑问告诉姐姐时，她的笑容瞬间凝固，她用伤感的口吻对我说："点点，不要轻易死去，只要你爱的人还活在世上，你就没有死去的权利。"我甚至能听到她喉咙中轻微的哽咽。

"我会活很久。"尽管自己的未来充满了不确定，但我依旧如此回答。

"是的，我们都会活很久。"她的语气中满是坚定，没有敷衍。

2.

树叶大片大片地凋零，枯黄的身体紧紧贴在地上，将我灰白色的梦境装点得斑斑驳驳。风筝突然断了线，摇摇摆摆地向未知的远方飘去。我害怕极了，不禁尖叫起来。阳光的碎片如此明媚，像绽放的花朵纷纷划过。我揉了揉惺忪的睡眼，眼前出现一张年轻且干净的面容，与之前看到的一模一样。看到我醒来，他开心极了，俯下身亲吻我的脸颊。"小宝贝，你醒了，知道我是谁吗?"他的声音中有着掩饰不住的兴奋，温柔而坚毅。我摇摇头又点点头，"你是出现在我梦里的放风筝的人么?"他笑而不答。这时一个女人走进来，很年轻，至少比姐姐美丽几十倍。"你终于醒了，肖大夫也可以放心了。"顿了顿，又对我说，"你可以叫我林阿姨。"

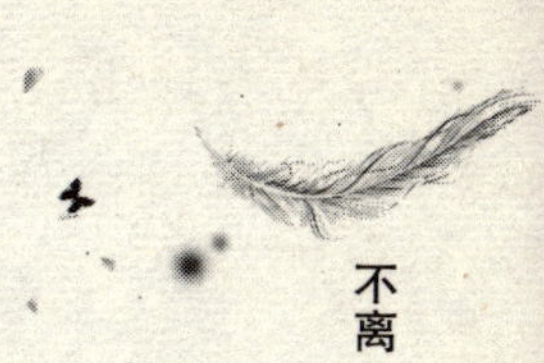

我和那个年轻的医生还有林阿姨在医院里度过了美好的三天，我想或许这也将成为我人生中最美丽的三天。年轻的医生定时为我检查伤口，他把我的衣服轻轻掀起，动作那样轻柔，生怕弄疼了我。“谢谢医生。”我说。“叫叔叔。”他装作生气。他还喜欢把我抱在怀里，用温柔的语调为我讲述我从未听过的神奇故事。他的言语那么浪漫美丽，充满了爱与关怀，令人着迷。只是，我发现，他年轻的脸上总会掠过一丝不易察觉的阴霾，特别是当我在他的怀里笑得不愿起来，那阴霾就愈加明显。我从未问过，他也从未提及。

直到那一天，他为我讲完《海的女儿》，突然郑重其事地将我抱起，双手轻轻握住我的肩，柔声问道：“你怎么不问你姐姐去哪里了？”我看着他的眼睛，恍然看到一座堡垒正在倾塌。于是我低下头。“我知道她不会再回来了。她曾经说过，永远都不会离开我，但是假如她很多天都不来看我，她就永远不会回来了。”他把我紧紧搂在怀里，下巴蹭着我的头发。“点点，哪怕所有的人都离开了你，你也要学会勇敢坚强。”我揽住他的脖子，点了点头。我没有显露出过分的悲伤，然而我知道我再也没有家了，这是一个不争的事实。我看着他，这就是我以后停靠的岸么？闭上眼睛，眼前仿佛又出现了那只风筝，飘忽不定。“叔叔……要走了……”他突然这样说。我猛然警觉，用手紧紧拽住他的衣袖，似乎这样便可以将他永远挽留。

“去哪儿呢?”

“美国。在那里会学到更多的知识，等我回来，就能治好你的病了。点点，愿意么?”

“可是我会想你。”我这样说，将他搂得更紧。我的举动显然在他预料之外，他根本没有想过像我这样外表羸弱的女孩内心居然蕴涵着如此强大的力量，以及爱。他没有多说，也把我搂得更紧。我感受着他的心跳，缓慢而有力，与我的心跳截然不同。我多想告诉他我不要治病，真的不要，我只想待在他身旁。我知道，我是依赖他了，并非仅仅因为他现在是我在这世上唯一信任的人，更重要的是，他救了我的命。

肖叔把我从死亡边缘拯救回来的消息成为了行业间传诵的奇迹，那些资格比肖叔老上几十倍的专家无论如何也想不到一个连做助手都值得怀疑的年轻医生，将一个心脏严重畸形的女孩救活。与此同时一些刺耳的言论也逐渐蔓延开来。很多人说肖叔是在拿我做实验，也有人说他是用我做跳板。我充耳不闻，只相信自己所看到的一切，是他给了我活下去的机会。

“那么……我去哪儿?”我问。心空荡荡地沉下去，刚才倾洒在我身上的所有阳光瞬间消失得无影无踪。

“我已经给点点找到了最好的孤……儿童村。点点……应该会喜欢那里的，是吗?”

我十六岁之后，肖叔经常把这件事当做一个动人的故事深情地提及。他回忆说，当时他说完那句话的时候我立刻用冰冷而倔犟的语调突兀地说了一句：“我冷。”然后缓缓地从他膝盖上爬下来，摇摇晃晃地向病房的方向走去。最小号的病号服穿在我身上依旧宽大，显得空空荡荡，这让我看上去像极了断线的木偶。于是，我知道，从始至终我所扮演的都是戏剧上那个让人眼泪汪汪的悲情角色。是的，我是一个足以让所有人心生怜悯的女孩。

肖叔站在我身后看着我，他想上前抱我，可最终还是克制住了。出院后我没有直接被送去儿童村，他把我接到了他家。他白天上班，我替他打扫房间，然后做好晚餐等他回家。他回家时我会迎上去，他将我抱起，使劲儿亲吻我的脸。吃饭的时候他总是那样兴高采烈，说我做饭很好吃，比他强。我笑，心中是满满的骄傲。晚餐过后肖叔坐在沙发上看报，手中端着我为他沏的茶，热气氤氲了那张年轻英俊的脸。我坐在他身边，看书或是发呆。时间一点一点消失不见，我甚至能感到时光的齿轮正咔嚓咔嚓地掉着屑，倾覆了我一身。

姐姐为我缝制了一个娃娃，临终前托肖叔交给我。那个娃娃与我长得那样像，只是皮肤不像我这样苍白。从它身上我仿佛看到了自己病愈后光彩照人的模样。

3.

去儿童村那天是周六，肖叔起了个大早。他没有穿平日上班穿的西服，而是随便找了件深蓝的线衣，一条淡蓝的牛仔裤。他甚至连发胶都没有喷，因此额前的头发看上去松软且柔顺。我穿着他买给我的粉红色布裙，头发被梳成两条细长的马尾，伏在我的肩头一动不动，如同从未学会去反抗的我。

出租车上我安静地坐在肖叔身边，他向后靠着头，眼睛微闭，似乎是睡着了。而我抱着娃娃，一动不动地望着窗外明显寂寞的风景。

秋天来了，叶子黄了。在这个颓然的季节我收获了满心的悲伤。它们飘浮在空气中，我无法控制，只能任其膨胀，最终将心挤满。

车猛然一阵颠簸。肖叔醒了，转头看了看我，没有说什么，只是将我抱起放在膝盖上，用手臂护着我的背，若有若无的体温不经意间温暖了我冰凉的身体。或许是这温度给了我勇气，我扑到他怀中，尽情享受着最后一丝

温暖。我的泪一滴一滴流下来，尚未浸湿肖叔的衣服就已蒸发入空气，消失得无影无踪。我把头从肖叔的怀里探出，继续盯着窗外。林立的高楼已消失在一片远山与落日的余晖之中，四周的风景幽静深远。绿的湖水，黄的草木，一片寂静。我用疑惑的眼神看着肖叔，却发现他根本没有注意我，深邃的眼眸正投向远处那幢隐隐泛红的房子。他让司机加速。我知道，那幢房子就是我以后的容身之处。

这是一幢尖顶的房屋，顶上有一个十字架，墙壁被刷成了红色，就像肖叔曾给我讲过的童话中的城堡一样美丽。它的周围栽种着四季不败的花与草木。

肖叔抱我下车，新妈妈带着几个孩子站在房前迎我。她穿着漂亮的裙子，笑容和林阿姨一样甜美。我甚至以为她就是童话里的公主。肖叔没有看我，风从我耳边掠过。我听到他向新妈妈介绍着我的生活习惯，什么时候吃药，什么时候休息，什么时候可以和小伙伴一起玩耍……是那样详细，就像年轻的即将出远门的父亲不得不把自己的小女儿托给别人照顾。只是自始至终他都不曾看我，我想或许是因为不愿面对即将到来的离别吧。

终于，肖叔安排好了一切。我不由自主地走上去抓住他的手，他回头看着我，“点点在这里要乖，要听新妈妈的话，知道吗?”我没有说话，手抓得更紧了。肖叔牵着我的手，把我轻轻推向新妈妈的怀里，新妈妈立刻用宽容的胸怀接纳了我。肖叔转身离开，再也没有看我。我目送他离去，直至背影消失在艳丽的暮色中。

心，很疼。我知道我的温暖已经离去，消失。我的生活从此将坠入无尽的黑暗。

肖叔，我一点都不喜欢儿童村的生活。尽管那里有很多的小孩，可是我从来都不跟他们说话。新妈妈和我讲话，我也只是敷衍了事。院子里有一架秋千，是蓝色的，孩子们都爱爬到它身上玩，把它荡到天上。有时候他们甚至会为它而争吵。我从来不与他们争抢。我只是待他们尽兴之后默默爬上去，把一切都告诉娃娃。

我告诉它我对这里强烈的不适应，对陌生人的恐惧，当然说得最多的还是对你的思念。我时常会抬起头看看天，落日时分的天空是淡黄色的，云朵在燃烧，灿烂得令我掉泪。

那个男孩出现在我身后，肥胖的脸上带着邪恶的笑。他趁我同娃娃说话之际将秋千荡得那样高。那一刻我甚至错以为自己变成了一只鸟。“不要这样，让我下来啊!”我大声叫喊着。可是毫无用处，接下来我出现了幻觉，

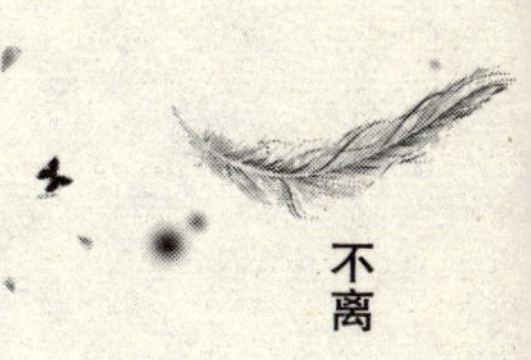

我突然飞了起来，像一只鸟。然后，我，还有娃娃重重地摔在地上。

4.

点点，你让我担心了。

林阿姨已经将一切都告诉你了吧。那个魔鬼般的男孩让你从秋千上狠狠地摔下来。他站在你身旁，看你许久没有反应，于是吓坏了，连滚带爬地找到你的新妈妈。新妈妈同样吓得魂飞魄散，她从一摞厚厚的档案中找到了我的联系方式。我正在上班，所以，宝贝，你看我连衣服都没来得及换就带着各种仪器赶过来。你的林阿姨说当时的我面色发青，嘴唇抿得紧紧的，像一只野兽。那是因为在去救你的路上我不断地自责，这种自责导致我刚刚迈入儿童村的大门就险些与那里的工作人员打起来。

我看到了你，你的面色苍白得吓人。我把你抱到车上，并在你全身插满了各种探测仪器。

你的右腿骨折了，心脏的瓣膜由于撞击而再次破裂。这和几个月之前的情形是多么地像。

可是，我已不会再为点点做手术了。因为，我没有勇气。既然无法将你治愈，我宁愿不做那些无谓的尝试。是我懦弱么?

也许吧。那个夜晚我就坐在你的身旁，宝贝，你的小手那样柔软，我甚至想把你的手指轻轻含在口中。其他医生说我像一个做临终祷告的神父，我只是笑。与此同时，我在思考是否应该做出一个决定。这个决定会改变我，当然，也会改变你的一生。

你醒了。腿上还打着石膏。阳光如此柔和，将你温柔地包裹。

什么都不要说，让我们一起感受来自午后浅浅的呓语。

我申请的美国大学发来了入学通知书。你已经觉察到了，对吗?医院里的护士在不断地相互转告这件事。事实上她们的转告与我毫无关系，我只是担心你会为此而担忧，那将影响到你的恢复。因此我总是抱着你吃饭、散步，哄你入睡，目的无非是想让你知道我在你身边，一直未曾离开。你出院的前两天我去看你。你突然扑向我，伏在我肩上，一言不发。我能听得到你均匀而平稳的呼吸。于是我轻轻地问你："点点去过学校么?"

你的声音竟然那么消沉："刚开始去过，后来因为生病……"

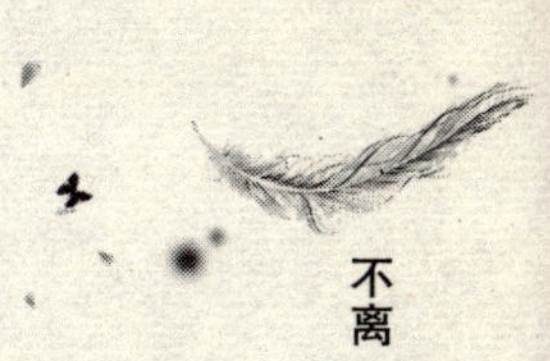

“我送点点去上学好么?”

“你要出国……怎么送我?”你在质疑。

我将那张一直藏在口袋里的录取通知书拿了出来，在你眼前晃了晃。

“嚓——”凌厉的声音。

它被撕成了两半。

我故作轻松地看着你，“我不去美国了，点点愿意么?”你惊愕地望着我，摇头，似乎不敢相信眼前刚刚发生的一切。“我一直都想要一个女儿……一个聪明漂亮的孩子……点点愿意做我的女儿么?”你没有回答，像是在认真考虑这个问题。我注视着你。你眼里暗淡的光正在褪去。你突然号啕大哭。于是我轻轻抱着你，轻轻拍打你的背。“叫我啊，快叫。”

“叔……叔……”你泣不成声。

“换一个特别一点的，否则我以为你是在叫别人。”

“肖……叔……”

从此“肖叔”这个称呼便成为你对我的称呼，也是在很多年之后，当我拥有了各种称谓之后依旧最喜欢的一个。这些，你都知道吗？

5.

肖叔撕掉了录取通知书并且决定收养我的消息很快传遍了医院，几乎所有的人都对他的做法表示怀疑。他们认为肖叔绝非清心寡欲之人，他将前途看得重于生命，又怎会白白放弃出国深造的机会而收养一个毫不相干的孤儿。除了林阿姨。尽管自始至终她都如局外人般静默，但只有她明白肖叔对我那种深沉且浓烈的爱已远远超过了对出国留学的向往。在我眼中林阿姨是神奇的，因为她总能穿透肖叔清冷孤傲的外表看到他善良透明的心灵。

接下来的日子里，消息以无法抑制的速度传遍全市，媒体记者突然发现原来肖叔可以被树为一个典型，一个楷模。于是肖叔出了名。他的畸形心脏手术被列为国家级研究项目，他因此得到了一大笔研究经费，并被破格晋级。那段时间的肖叔每天都要接受许多采访，那些记者们无孔不入地试图进入他的生活，并且希望能够从我身上挖掘出爆炸性新闻。

我在那段时间生活得无比痛苦。他得到的是全市人的肯定，而我得到的只有怜悯和同情。肖叔，每当我看到那些足以勾起别人眼泪的目光时都会想起姐姐。她虽然经常流泪，显得那样柔弱，却一直拒绝别人的帮助与同

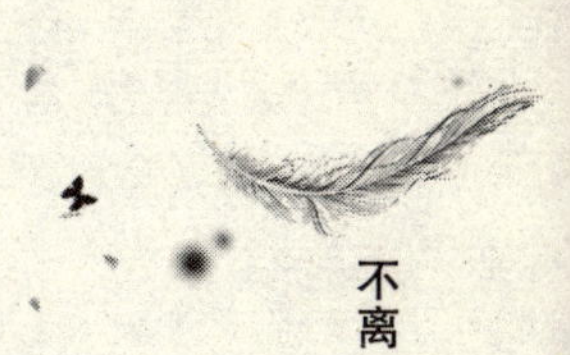

情。在她眼中那完全可以等同于失掉自尊，所以我们的生活清贫而有尊严。但是，现在的我在受到帮助的同时也以牺牲尊严为代价被曝光于众目睽睽之下。他们总是问一些足以召唤我泪水的问题。肖叔，那一刻我是多么思念你啊，我多想让你抱着我，告诉我不要害怕，因为你可以为我遮挡风雨。可是你在哪儿呢？每当记者询问我父母的情况时我总是蜷缩在一个角落，瑟瑟发抖地接受相机对我面部细节的捕捉。我想拒绝，可是不能。采访结束记者一哄而散的那一刻，我会想，为什么大人们一定要在看到报纸上悲凄的照片时内心才能得以满足。他们对我感兴趣无非是因为我随时都有可能死去。我想他们的心脏病一定比我严重，那些心甚至早已脏了，碎了。我体内滋养心脏的阴郁的血终于长成了茂密寂静的森林，落雪昼夜不休，让我感到最为深刻的寒冷。纵然如此，我依旧能在夜里正视镜子，正视镜中那个头发凌乱面色苍白的姑娘，然后对她露出温暖的笑容。笑容是可以融化落雪的，哪怕冰冻千尺。

“肖叔，难道我真的与别的孩子不同么?”“当然，点点漂亮、聪明、善良……”肖叔试图一一罗列我的优点，但被我打断：“我说的是我的心脏。”下一刻的世界如同被海绵吸走了所有声音，顿时变得寂静空洞。肖叔的表情异常严肃，他盯着我的眼睛，小心翼翼地挑选着合适的词汇：“点点……你就像……河中央的小岛……随时都有被海浪冲击的危险……你是个特殊的孩子，不能过度劳累、忧郁，随着年龄的增长或许还会有别的……所以我们要永远在一起，我会告诉你如何保护自己……”肖叔把我的病尽量说得简单，可我能够感觉到他在不断地揣摩我的内心。有种最细腻的东西从他的胸膛汩汩流出，包裹了我早已脆弱不堪的心脏。

很多年之后，当我悄然聆听心脏沉着的跳动声时，依旧能够感受到那时细腻的温暖。它如同凋零一季的蜜糖，重新凝聚在了我心上。

6.

八年之后，我十六岁，成为一个真正的少女。事实上从三年之前我就能感受到成长在我体内留下的斑斓的痕迹。有充满激情的红，忧郁伤感的蓝，当然其中最多的，是干净宽广的白。它如空中飘浮的云朵，在我心中轻易膨胀，让我变得纯粹且充满了感恩。

这八年中肖叔对我监控得很严密。定期为我检查，因此我的心脏再也没有出现任何问题。我们都逐渐放松了警惕，肖叔甚至让我每两个星期去游一次泳。

如日中天的事业给肖叔带来了一套一百六十平方米的房子以及可观的收入。他开始不断为我买回各种漂亮的裙子、衬衣、仔裤、首饰……我曾劝

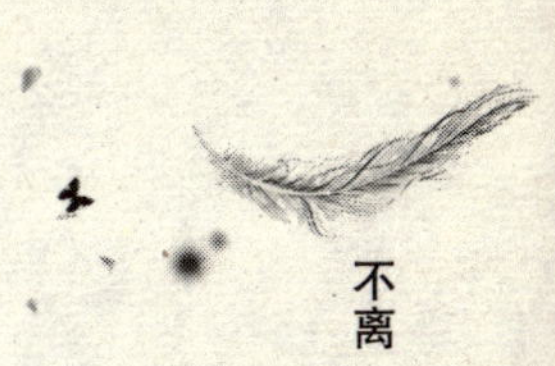

他不要这样，可他颇有些无奈地说，这已成为他无法改变的习惯。只有看到我健康漂亮的样子，他才会感到心安。时间久了，我也习惯了穿漂亮的衣服，戴漂亮的首饰，用最新款的手机。当然，我也习惯了成为老师眼中最棒的学生，考试时拿最漂亮的成绩。我习惯了这一切且不愿改变的根本原因是我想成为肖叔心中最优秀的女儿。我习惯看到他拿着我全班第一的成绩单时干净的脸上绽放的笑容。

游完泳回家的路上，我坐在副驾驶位置，一边整理着湿漉漉的头发，一边吃着薯片。偶尔往肖叔嘴里塞，他也不拒绝，甚至还会故意咬住我的手指，让我发出连连的尖叫。肖叔专注地开着车，我坐在他身旁悄悄观察他。他穿了白色的休闲西服，开了两个扣，这是我强烈要求之后的成果，现在的我总是喜欢左右他的穿着。他喷了薄薄的发胶，戴着一副浅蓝色镜片的眼镜。阳光透过车窗映在肖叔的身上，于是他的整个身子便如同被镀了一层金。我看着他，我的肖叔，然后将头埋在胳膊里匿笑。

肖叔当年的研究小组现在已发展成了有着相当规模的机构，肖叔是这个机构的主任。肖叔的气质已经与八年前截然不同。我甚至曾试图站在一个局外人的立场评价他，最终得出一个无法推翻的结论：任何一个女人都会为他着迷。事实上现在肖叔身边的确不乏优秀的女子，但是对于她们，肖叔从未表露过什么。我知道，我的坚强的肖叔心底依旧有着最敏感柔软的触点，所以他也会怕，也会担心。他怕我儿时对陌生人的恐惧会因他的婚姻重新迸发，也担心没有哪个女人会理解我的存在。毕竟我是他生命中太特别的部分。

肖叔一直没有办成领养我的手续，因为国家规定，男性领养者除却已婚，或比被领养者大四十岁以上，否则是不能领养女孩的。可这一切在我看来根本就不重要。和肖叔长久的相依已让我坚定不移地相信我们是彼此唯一的亲人。

对于肖叔三十三岁依旧孑然一身的状况，我没有任何的负罪感。我甚至认为我已经做到了一个妻子应该做到的一切，我对他的照顾永远是最好的。现在的我已不再如童年那般将所有的过错都归结于自身，相反，我会试探着补救那些本不是我犯下的错误。肖叔的爱让我的性格一分为二，独立而天真。我遗失在记忆某个角落的时光似乎被他找寻回来，这是他送给我的最好的礼物。

“点点……”

“嗯？”

“喜欢林阿姨么？”

“嗯，当然。”

“愿意让林阿姨常到家里么?”

“嗯。”

“那么……让她和我一起……给你更多的爱与照顾……好么?”

“嗯？肖叔的意思是……”

“嗯。”肖叔没有看我。我想这完全可以理解为他没有看我的勇气。

肖叔对我试探性的询问是有目的的，和他长时间在一起的生活已让我对外人充满强烈的敌意，哪怕是我和肖叔共同喜欢的人。只要她敢越过现有关系半步，我便会做出无法预料的反应。

家中的一切都是我在整理，洗衣，做饭，把肖叔的衬衣熨得笔挺。我甚至不让肖叔请保姆。它会让我时刻感受到自身存在的价值。肖叔深知我对他的依赖。我甚至会在雷雨交加的夜晚钻进他的被窝，这是我从小养成的习惯。除此之外，我总是想尽一切办法与他亲近，试图补偿自己八岁之前身体的痛苦与苍白。肖叔的体温让我感到温暖，安全。有的时候，我甚至努力地想要代替什么人，一个存在于虚空之中，模糊不清的人。

我根本没有想到那个人竟然是林阿姨。

“肖叔为什么要和她结婚？仅仅是为了收养我么？”

“因为，林阿姨来了之后点点就不会像以前那么累了。”

“我不累，肖叔，照顾你我很开心。我不想这样的生活被打破。”我冷冷地回答，然后从双肩包里扯出一副耳机，闭上眼睛。我突然感到疲倦，不想再解释和辩白。我了解肖叔，他做出的决定从未改变过，这不仅是他做人的原则，也是我一直崇拜和尊敬他的一个重要原因。而现在，我是多么希望他能够改变决定啊。我能够感到他在看我，可我没有睁眼，我怕看到他忧伤眼神会情不自禁地落泪。

晚上入睡之前我没有向肖叔道晚安，也没有让他亲吻我的额头。我无比凄怆地穿着睡衣躲在自己的房间，关上灯如一只鸵鸟般将头深埋进被中无声地哭泣。我的幸福即将瓦解。我绝望地想。肖叔很快就不再独属于我了。

卧室的门被推开，一束光照在我脸上，一个颀长的身影向我走来，是肖叔。黑暗中，一双柔软的手为我把被角轻轻掖好。他该触到了被子上泪湿的地方，我感到他的手猛然一颤，继而试图轻轻拭去我脸颊上的泪。可是眼泪却依旧不住地流着。肖叔温暖的声音轻柔地蔓延，“做什么梦了，哭

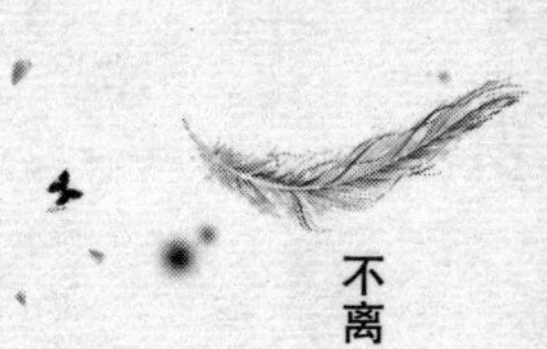

得这么凶?”像是在询问我，亦像是在喃喃自语。然后他掩上门离开。明亮的光线与黑暗缓缓交融。

第二天起床的时候我的胸口如被千斤巨石压着，沉闷无比。我想让肖叔替我请假，但是他决定要同林阿姨结婚的事已让我无法原谅。我试图拒绝关于他的一切。于是那天清晨，我没有吃肖叔为我准备的早餐。

我坐在公车上，头昏昏沉沉地疼，窗外宜人的景色在我眼中模糊不清。肖叔说我的病是不能够过分伤心的，可是除了他，还有什么事情能真正地让我伤心欲绝呢?

最终我以如此的状态在学校度过了一天并且没有被老师发现。放学的时候我终于妥协，心中那一点点骄傲终于被心脏的疼痛所击败。我伸手去摸手机想给肖叔打电话。可是，手机不见了！那是肖叔在我十六岁生日时送我的礼物。我打消了给肖叔打电话的念头。我不知道他听到我手机丢失的消息时会做何反应，但我想他的脸色一定不会好看。我的钱包里没有钱。我强打精神，向车站的方向走去，觉得天旋地转。汽车的灯光无比狂乱地扑打在我脸上，下一刻是汽车鸣笛的声音，人们喊叫的声音……

只有一只纸风筝在我脑海中不断浮动，浮动，似乎要在我离开人世之时与我告别……

7.

假如时光能够倒流，回到生病住院的那些日子，那么你一定能够看到在医院最好的病房，阳光透过偌大的落地窗倾洒进来，将病房中的一切渲染得宁谧美好，被子和枕头甚至被晒出了淡淡的香。

一个面容苍白的女孩穿着比自己身体大出好几个尺码的病号服，手背上布满了密密麻麻的针眼。有的时候她会独自安静地躺在床上念书抑或发呆，更多的时候她被一个男人搂在怀里。是的，女孩是我，男人是肖叔。

那些日子留给我的回忆是甜蜜而晦涩的，久违了八年的病房使我深感恐惧。我总是输液，手上留下了密密麻麻的针眼。肖叔会在我输液结束之后用他的大手摩挲我冰凉的手，疼爱如水滴般湿润着我畸形的心。

我努力在他面前显得平静，假装心中所有的波澜从未汹涌。但我终究无法控制梦境，真实的情感总是在睡梦中流露。那晚梦见肖叔和林阿姨结婚。他们携手站在教堂中沐浴着圣洁的阳光与上帝恩赐的爱，接受着所有朋友的祝福。可是，当我决定真心真意祝福他们时，肖叔却突然转身对我说："你只是我收养的一个孤儿，你没有给我祝福的资格。"他的话冰冷如霜。我惊呆了。我不相信肖叔会这样对我。我眼睁睁地看着他和林阿姨在钟楼放飞了无数的鸽子。肖叔的幸福无以言表。

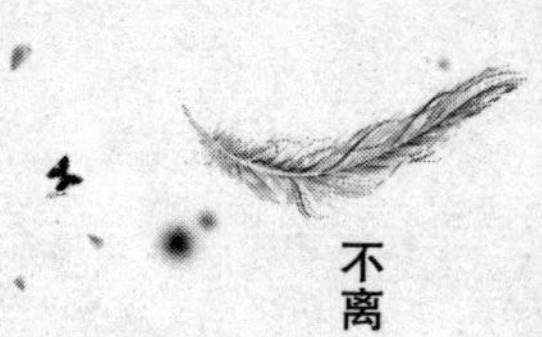

醒来之后我变得很悲伤。梦境或许是一个暗示，无论肖叔多么宠爱我，我终究只是他领养的一个孤儿，这是无法改变的事实。太阳尚未升起，世间万物都沉迷于一片冗长的寂静。我不禁放声大哭。

哭声惊动了隔壁办公室的肖叔。他及时来到我的床边，将我紧紧搂在怀里。我触到了他裸露在外的肌肤，光滑而细腻。我微闭着眼睛感受他双唇传递过来的温度。他亲吻我的眼睛，我的额头，我的脸颊，我的手指。我在他唇的温度下逐渐平复。肖叔把我的手放在他的掌心，轻轻摩挲。

“点点又做噩梦了么?”他的声音一如往日，坚毅而温柔。

天空开始泛出鱼肚白，微露些红。我的肖叔如此真实地出现在我眼前，就这一刻，他是属于我的，与任何人都毫不相干。

“是的……我梦见你……你不要我了……肖叔……你……”我试图继续讲下去，然而肖叔已轻轻捂住了我的嘴。他摇了摇头，眼中若隐若现的痛如同雾水。我看不清他的眼神，只是感受到他的手不断抚摸着我的头发。“其实肖叔刚才也做了一个梦。我梦见点点离开，去了一个很远的地方……人都会犯错，但只要意识到并且改正了那么就可以被宽恕。对么，宝贝……肖叔最近也犯了一个大错……希望点点能够原谅我……”他说得断断续续。

我倚在他的胸前，感受着他的心跳。他的言语如此平和，可心跳所传递给我的分明是不甘与挣扎。然而那时那刻听到他这番话我并没有考虑太多，只是心底长长地舒了一口气，像是一个打了胜仗的士兵。肖叔洞悉了我的内心，他不会离开我了，我这样想着。继而一种深沉的疲倦从心底蓦然升起，我如同一个被剪断了线的木偶瞬间滑落，无声无息。

出院之后肖叔再没有提及和林阿姨结婚的事，我也没有。都已经过去。

我的肖叔用行动证明了我是他最重要的人，没有什么力量能将我们分开。

夏天的傍晚我时常在饭后陪肖叔出去散步。我喜欢穿一条下摆微微卷起的白色棉裙，赤脚穿着白色凉鞋。我挽着肖叔的胳膊，就像他真正的女儿。我们喜欢在偌大的广场上散步，那里总是洋溢着水滴般轻灵的爱尔兰音乐。广场的地面是硬质透明玻璃铺就的，玻璃下透出鹅黄色的灯光，渲染出一片美好与祥和。我踢掉鞋子站在玻璃地面上，光直射到我的下颌，让我看上去仿若站在温暖的阳光之中。

肖叔说我那时的样子如同一个真正的天使，只差一对翅膀。我对他微笑，心却在抽搐和痛。假如能够与他日日相伴，天使即使没有翅膀也无关紧要。

8.

我和肖叔是有感应的，从他第一次给我动手术时我就发现了。我们是命运的伙伴，上帝早已将这一切安排妥当，然后微笑着观看故事的上演。

高　时候肖叔曾怕我不习惯宿舍的生活而为我申请走读。可是出院之后我对肖叔提出的第一个要求就是搬回宿舍。因为怕肖叔多想，我把理由说得尽量简单：点点已经长大了，肖叔可以不必每时每刻都陪伴在身边。事实上我非常清楚，这完全是在情感无法被理智所控制的情况下不得已作出的选择。肖叔凝视着我的眼睛，似乎想把我的心思看透，但最终只以轻声的叹息而告终："看来点点是真的长大了，想要离开了，是不是？"他用下颌轻轻顶住我的额头，眼睛望着天空。我猜想那时他的眼神突然哀伤得如一泓湖水。我赶忙解释："当然不是。肖叔想我，我随时回来。"

我开始刻意拒绝与肖叔的亲昵，童年的自卑在逐渐萌芽，我突然发现作为一个女孩，这样是可耻的。肖叔没再说什么，依旧会亲吻我的额头和眼睛。

住校之后的我极少回家，像一只断线的风筝。并不是不想念，而是不敢想。我怕一想就会永无止境地沉沦下去，万劫不复。我把大量的课余时间用于复习功课与查阅资料，试图用充实的生活压制对肖叔的思念。

肖叔不定时地打来电话，询问我身体的状况，有没有按时吃药，并告诫我不要给自己太大的压力。我怕再多说一句就会不由自主地哭出声来，因此只能唔唔应答。

“点点最近学习很忙么……是不是应该回来……看看了?”

“唔……或许……下个星期……”

“是么？要我去接你么?”

“如果肖叔愿意那么……点点也愿意……”

我的心在肖叔承诺来接我的那个下午变得惴惴不安，我的笔甚至在围绕拇指转动时几次落到了地上。我不知道这预示着什么。我在想肖叔的衬衣会是笔挺的么？他是不会做家务的，甚至连如何熨烫衬衣都搞不会。我怕肖叔穿着起皱的衬衣，那样会加重我的负罪感；更怕看到他的衬衣是笔挺的，那说明有除我之外的人为他熨烫衬衣了，或许是林阿姨。我的心情在思考中变得越来越糟。

下课后我飞快地跑出教室，从口袋里摸出手机，开机。我在不安中等待着肖叔的电话，但等到的竟然是……

林阿姨带来了一个可怕的消息：肖叔出了车祸，伤得很严重，正在医院抢救。挂掉电话我心疼得快要窒息，可却流不出一滴泪。坐在出租车上我疯狂地一遍遍咒骂着自己，为什么不早些回去看肖叔？为什么?!

我惊异于自己与肖叔心意的相通，同时也知道了一个他从未对我提起的秘密：他总是头疼，特别是在我离家住校之后，疼痛愈发强烈。为了不影响白天的工作，肖叔为自己注射了大量的药物。但是这天下午，当他开车到学校接我时，手突然失去了知觉……

9.

肖叔，我从来不惧怕死亡，哪怕死神曾多次企图将我从你身边带走，我也从未惧怕过。可是那天当我看到你被医生从手术室里推出来，看到你头上缠着厚厚的纱布，看到你双目紧闭仿若再也无法醒来时，我的恐惧到了无法丈量的地步。如果我知道怎么会几个星期都不回去看你，又怎么会和你怄气。我该到神父面前忏悔，忏悔自己曾经犯下的所有过错。

白昼离开，夜幕降临。我已经在你的身边守护了整整一个下午，几乎所有的人都劝我回家休息。他们怕我由于疲惫过度而昏厥，我婉言拒绝。我坐在床边握着你的手，睡梦中的你能感得到吗？我不再悲伤，真的不，因为你手心传递给了我力量，一种对抗悲伤的力量。我知道你是不会丢下我不管的，现在的你只是太累了，不是吗？你需要好好休息。我唱歌给你听，是莫扎特的《摇篮曲》。肖叔，我曾经在昏迷时隐约听到过这首歌，是你唱给我听的吗？现在偿还的时候已经到了，让我把你曾经给予我的一切，都还给你。

凌晨，我在你床边昏昏沉沉地睡去。迷蒙中见到你，微笑着，如原来一样的健康。

你真的醒了，静静地看着我，甚至又如原来那样用嘴轻轻含住我的手指。你用沙哑的嗓音告诉我，天亮了，所以你醒了。你的口气那样平和且温柔。

肖叔的手臂没有任何知觉，查不出原因，医生们只能简单地推测是运动神经受到严重损伤所致。肖叔是最优秀的内科医生，这对他而言将是多么大的打击，这意味着他将永远离开医院，离开医生这一职业，离开心爱的手术台。

肖叔每天都要做康复治疗，但他不让我陪，所以我无法详细知晓那究竟是什么。后来从林阿姨的只言片语中得知，大概是用电去刺激神经。那是一个痛苦而漫长的过程，无论对我，还是对他。我依旧记得肖叔第一次回来时狼狈至极，他的头发湿漉漉的，衣服被汗水浸透。他无力地躺倒在病床

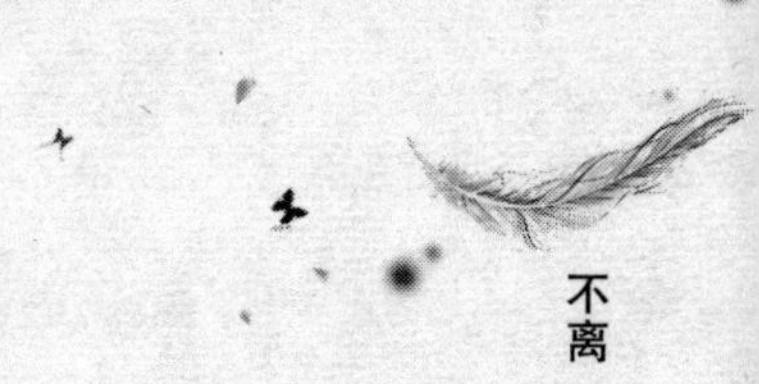

上，只留给我一个痛苦的背影。

我一步步走进肖叔的病房，光线那样黯淡。走到他床边，我停住脚步，屏住呼吸，我想知道我的肖叔是否还活着。肖叔无比艰难地回过头："我没事……为了点点……肖叔是不会轻易死去的……"我摇头，眼泪将眼睛刺疼。他努力地仰起头亲吻我的面颊。"别怕宝贝，别怕……"

我不知道在那段日子里肖叔是否恐惧过，但我从来没有，哪怕医院里传言肖叔的康复将异常困难。我不怕永远照顾他，我只怕他自己轻易放弃。就像那一天，肖叔的病房突然出现了那样多的记者，他们举着相机不断地拍照。闪光灯让我在瞬间疑惑，眼前的景象慢慢模糊起来，唯一清晰的只有肖叔瞳仁中深刻的痛苦与无奈。"出去，你们给我出去!"他在怒吼，并将头转向墙壁。我知道除此之外他再也没有任何办法。我呆呆地看着疯狂拍照的记者们，他们试图捕捉肖叔最悲惨的一瞬。这一切让我不禁回到了八年前，当时的我也曾这样无助地接受着闪光灯残忍的"追杀"。突然，我醒了。

记者们终于离开，是我把他们赶走的。病房里终于恢复了宁静，然而却更加可怕。肖叔面无表情地盯着天花板，眼神空洞得吓人，沉默无言。我能理解他此刻的心情，因为他曾是那么有能力那样强大的一个人，而现在却不得不忍受着身体和精神上的双重折磨。他甚至被迫把现在的自己展览般让那么多人注视，他经受不起这样的打击。

我狠狠地关上门，走到肖叔面前，心那样疼，我甚至想跪在他面前赎罪。肖叔把目光移向我，夹杂着从未有过的寒冷与阴郁。

“你走……快走！我不想见到你！”他突然对我怒吼。

“……那么……把护士找来么?”我小心翼翼地问。

“不！我谁也不想见！我想要休息！”

我试图从肖叔的言语中寻找出伪装的痕迹，但他的愤怒愈演愈烈：“告诉医生，我要出院！快去！否则你别想再见到我！”

我哭了，手足无措，只能麻木地朝门外挪去。

“别走……点点……别走……”他的口气突然转为哀求。

他试图从床上坐起来，然而手臂却无法用力。我急忙过去扶住他。八年的相处早已让我对他的想法心知肚明。他从未想过要赶我走，刚才的怒吼仅仅是因为认为自己以后无法再照顾我而产生的恐慌。

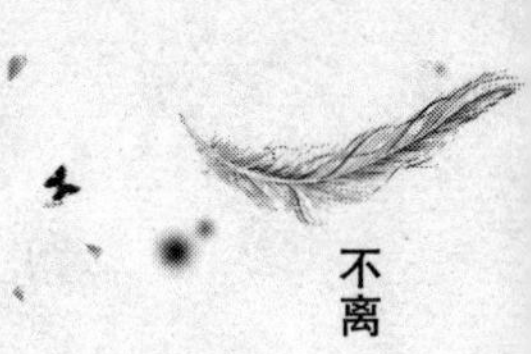

肖叔没有知觉的手臂传递给了我力量，于是我柔和地说："我知道，肖叔想家了……我也想……我们一起回家，好吗?"他愣住了，眼中的阴郁与寒冷被吃惊所替代，但他未做回答。我继续说："我知道肖叔喜欢安静，没关系，我们回家，只有我们两个人，谁也不见……"我看着肖叔的眼睛，微笑着，我想让他感到我的真诚。果然，他的恐慌在我轻柔的言语中逐渐淡去，"你……不要……骗我……"他在哽咽。"不会的……真的不会……这是我最真实的愿望。在这里，肖叔是很多人的，但是回到家，肖叔就是我一个人的了。我喜欢和肖叔单独待在一起。只要不赶我走。"

肖叔的泪不断滴落到我手上。他的唇那样脆弱地颤动着，声音沙哑："怎么会呢……点点走了，谁来管我……"我满足于他的回答，于是轻轻搂着他，就像搂着一个无家可归的孩子。肖叔的手臂不能动，他便用下颌顶住我的额头，那样激烈地亲吻我的脸颊和眼睛。我伸出手抚弄他新生的胡须，心中是温暖而优雅的痛。肖叔低声说道："你仔细看看我，我已不再是你原来的肖叔了，我现在什么也没有了……"我笑了，注视着他的眼睛："肖叔没有察觉吗，点点已经长大了，不再需要你来照顾。以后请让我把之前你给予我的统统偿还给你。正是因为我们都一无所有，我才能拥有我的肖叔。"

我早就希望这样，你每天能够在家里安静地等待我的归来，然后给我最温暖的亲吻。希望你能依赖我，哪怕只是片刻。但是，要像我原来依赖你那样。

肖叔，在那些日子里我第一次知道被人依赖的感觉竟如此美妙。在学校、在操场、在公交车上、在黄昏的街道，每当想到你在等我回家，我心中都会泛起温暖的涟漪，溅湿我的双眼。

你一直都不知道，甚至在你康复很久之后的一段时间里，我还是会时常想起你静养的那些日子，感到自己仿佛已不再是你的负担，而是支柱。就如同以前，还有以后，你在我生命中所扮演的角色一样。

10.

点点，我亲爱的宝贝，现在是深夜十一点五十三分，等过了十二点，就是我为你动手术的日子。刚才我在你床前握着你冰凉的手伴你入睡，你曾说有我陪伴就一定会有好梦。你入睡之后我没有离开，就那么一直坐在你床前仔细端详着你。宝贝，你的睫毛很长，微微颤动，我甚至能够从上面看到周身沾满花粉的精灵正蹁跹起舞。你睡觉的样子很安静。

你已经十八岁了，可是我依旧能够从你的脸上看到你童年时代的痕迹。你还记得当年那个小姑娘吗，她不能奔跑，但在我心中她却是风的精灵，是

天使，是上天赐给我的最好礼物。我曾不止一次地想，自己多么幸运啊，能拥有这样的女儿。宝贝，是你让我从轻狂走向稳重，从自私走向博爱。你的到来像是一捧清泉，彻底浸湿了我曾经无爱的内心。

你睡熟之后我照例轻吻了你的额头，然后回到办公室。我从书橱的一个角落翻出一本厚厚的日记本。第一篇日记是十年前写的，大雨，刚好是认识你的那天。事实上我是从认识你的那天才开始写日记的。我努力地记录着与你在一起的点点滴滴，想让这些美丽的记忆在很多很多年之后，在我已变成白发苍苍的老头儿的时候还能轻易回想起来。到那时，你愿意同我一起回忆吗？我们会坐在一个飘舞着梧桐叶的庭院中，开心地谈论那些往事。经过时间的冲刷，难过已变得微不足道，而幸福却可以长久地沉淀下来。呵，宝贝你看，十年前你的肖叔是一个多么尖锐桀骜的人，连字都是那么张扬不驯。而现在，我已经平和许多，不是吗？

我翻看着日记，甚至能听到岁月哗啦哗啦流走的声响。

我看到年幼的你缓缓向我走来。那时你还是个忧郁的小人儿，总将一切错误都归咎于自身，然后再哭着祈求我的原谅。而现在，亲爱的宝贝，你把一切都做得那样好。哦对了，我们在一起的日子里，有一笔重要的色彩没有被记录，就是我双臂失去知觉的时候。但请相信，那是我最记忆犹新最宝贝的岁月。现在我经常想，在那样的岁月里如果没有你我该如何生存下去，如何面对往后不确定的时光。点点，是你用爱给了我生存下去的力量，你的爱是无穷的勇气，那么深沉、激烈，并且温柔。

双手刚刚恢复知觉的时候，我试图重新握起手术刀。我把装着它们的盒子打开，想要拿起，却屡次失败。你看出了我的沮丧，于是在我身后将盒子轻轻关上，然后环住我的腰。你说肖叔是个贪心的家伙，刚刚开始恢复就忍不住要工作了。你还记得你说过什么吗，你说只要点点不着急肖叔就不能着急。呵，宝贝，我能看出你内心的焦虑。你也怕我因为永远无法再拿起手术刀而绝望是吗？你竟想出了一个多么可笑的办法，你居然让我学习绣花。

那个夜晚我的卧室里只亮着一盏昏黄的台灯。你让我捏住那根针，我捏不住，让它掉落到了地上。你将它重新拾起，放在我掌心，你说肖叔要好好感受它啊，它那么小那么脆弱，就像生命。我看着你，白色的睡衣，头发松散地扎起。直到那时我才猛然发现我的点点已长成那样漂亮的大姑娘。于是我眯起眼，说这根针太小了……可以取名为点点……宝贝，你的脸在那一刻红了。我不知道你为何脸红。我了解你的内心，但有时你的心思却捉摸不透。我只是希望你能安静地成长，并不奢求其他，对我而言那是最大的幸福。

你确实像一只风筝。现在我时常想起你第一次看到我时说的那句话，你说我是放风筝的那个人。

前几天你刚过了十八岁生日，只有我和你。你在吹熄蜡烛之前许愿说希望肖叔永远年轻。我从来没有提起，十年来我每次生日都会许下两个愿望：第一个是能够尽快为点点做手术，让她早日成为健康的女孩；第二个是点点能够永远留在我身边。我一直觉得只有在我身边你才会安全。你太脆弱，我不能让你受到任何伤害。

宝贝，现在是凌晨零点零分。新的一天已经到来了。可我无法入眠。房间很静，静得能够听到你轻微的鼾声。风凉凉地吹进来。你的肖叔开始为你祈祷了，我亲爱的小风筝，你能感受得到吗？

洛阳谣

我看着自己干燥冰冷的掌心。
想知道。
那里是不是长出了一条新的纹理。

我喜欢洛阳的天空。很久很久之前，这片天空纯澈得如同婴儿的肌肤，是一种浅极了的蓝，轻易便能让光线滑落下来，遮住我的眉眼。当我还是一个孩童的时候，这里已经有了许许多多的树。在洛阳的北边，每当夏日便绿树成林，汹涌地蔓延出很远，连绵成一片温情。年少的我坐在河边以一种守望的姿态看着洛阳以南的土地。我的妹妹绵城曾对我说过，我的眼睛会在暮色之中变成晶莹剔透的琥珀。天空高远而开阔，绵城在我身边对我说，孤城，你的眼睛很明亮。

孤城是我的名字，从出生一直陪伴了我十八年。未认识绵城之前，我是一个头发凌乱眼光犀利的少年，无论什么时候，衣服都是破旧的。我沉默地走在洛阳广袤的土地上，默默承受着身边各种人的耻笑。那些人，无论是少年或者孩童，对我似乎都有着强烈的仇恨。我无法知晓他们的内心，因为无论仇恨或者厌恶，皆由心魔作怪。

当我遇见妹妹绵城的时候夕阳已快要退入连绵的远山背后。洛阳的春天，杨花满城。我看到一个小女孩，衣衫褴褛，头发漆黑而浓密。她赤裸着双足缓行在已被夕阳照耀得昏黄的土地之上。我默默地注视着她。她抬起头，漆黑的瞳仁闪闪发光。风卷起洛阳的沙土细腻地扬满了天。她看着我，突然微笑，低声说，孤城，你的眼睛很明亮。

我至今仍不知道她为何知晓我的名字。无论时间怎样如马驰般在我们的身体上飞逝而过，无论我遥望了多少次日升月沉与无家可归的忧伤，始终无法参透那个下午，瞳仁漆黑的女孩那个如花朵般突然绽开的笑容中隐藏的含义。每当我问起她，她都会抚摸着我的脸说，孤城，其实有很多事情没有理由。或许，这就是命运，我们无法改变。女孩对我微笑，笑容明亮，如洛阳的黄沙般轻易地迷了我的眼。

女孩的名字叫绵城。我将她带回家中，并为她取下这个名字。她曾在夜晚睁着黑白分明的眼睛问我，你为什么要为我取这样的名字？我说，因为我不想让你如我这般孤独。然后绵城就对我轻轻地笑，她说，我知道了，我要快乐地生活下去，无论今生，还是来世，我都要快乐地生活下去。我抚摸着她的头发，微笑说，好。

“洛阳城东桃李花，飞来飞去落谁家。”我总是在梦里听见一个男人吟诵这句诗。自我还是一个孩童时起，这个声音就在每个夜晚如约而至。我想看清男人的面容，但梦境太过模糊，终是一无所获。醒来后洛阳的天空尚未破晓，黑暗依旧笼罩四周。我静静地坐起，轻轻喘息，说不出一句话。男人的声音消失了，我却仿佛看见一双眼正温情地注视着我，瞳仁漆黑如墨。

我不知道自己的梦境中为何出现这样的一个男人，散发出来的气息不属于这个城市、这个世界，不同于任何人。那仿若是在寒风中舞蹈的落雪，静谧而苍茫。我在梦中见到他，他轻轻吟诵着，声音柔软，却无比清晰。我宁愿相信他是在为我吟诵。“洛阳城东桃李花，飞来飞去落谁家。”我赤着脚飞快地奔跑，追逐并穿越了诗中的意象，杨花满城。可一切都是那么虚幻，那么渺茫。

起床之后我收到孤城发来的短信，陈远，我很快就要到洛阳了，你来接我。我盯着手机屏幕看了一分钟，这期间有几缕头发滑落到额前。然后我的嘴角浮现出了一个完美的弧线，接着我放肆地大笑。他终于要来了，这个在 MSN 上与我讨论了半年摄影与采访并无比慷慨地把图片资料给我的人。他如同鬼魅，一直以来拒绝给我打电话。很多个夜晚我们通过发短信交流，如此虚拟的空间总是处处充满了不确定。我对他说，我可能会爱上你。他说，事实上我已经爱上了你。

大四开学之后我去一个杂志社实习，每个月需要写一万字的稿件，同时完成一些无主题的拍摄。主编是一个不算年轻的男人，他对我说，要着重拍社会阴暗的部分。可是我依旧随性，拍云朵和光线、公寓门前的香樟和樱花、街道上的老人和孩子，生活那样地灿烂，让人从内心感受到幸福。事实上我是一个时常感到快乐的人，任何琐碎的温暖都能让我感到由衷的快乐。

我有一个同事，一个不怎么讲话的男人，神情阴郁、眉头紧锁，年轻英俊的脸上总带着散不去的阴霾。我不喜欢他的文字和图片，它们充满了黑暗、死亡、悲伤——被鞭炮炸伤的女孩、垃圾桶中的弃婴、除夕夜坐在家门前哭泣的孤寡老人……当他将这些拿到我的眼前时我总会异常压抑。我说，你为什么要这样呢，拍一些明亮愉快的东西不好吗？他轻轻地摇头并叹息，说，我所看到的世界就是这个样子的，二十多年来，一直都是这个样子。

我飞快地跑到车站。路上有许多衣着明亮的姑娘。她们年轻骄傲，裙角在风中轻轻摆动。洛阳的天空是苍蓝的，白光刺目，没有一朵云，只有暮春轻微颓败的花朵飘满整个城市。在路过一处建筑时我停下来仔细观望，它经历了一次次战争的洗礼早已被磨损得面目全非。我的头轻微地痛起来，身边似乎出现了很久之前战争到来时洛阳百姓痛苦的呜咽与哀号。

秋风生渭水，落叶满长安。

我和妹妹绵城在洛阳生活了三年，她由一个孩童长成为少女，面容娇媚，双眼明净。我和她在城东租下了一间店铺，卖很多美丽的衣服。我裁出样式，她用绚烂的花朵将布料染成明媚的颜色。店铺的名字也叫绵城，连绵的城，连绵出一片温情。

店铺的生意一直很好，洛阳的女子穿上绵城用花朵染出明媚的衣服就变得格外美丽。到了下午，我们关闭店铺，我拉着绵城的手走出来。她抬起头看天，远方的云朵翻滚着血般绚丽的色彩。

绵城十六岁的时候我送了她一对宽大的银手镯，古老的样式，散发着黯淡古朴的光泽。那一天绵城显得异常快乐，不停地微笑，笑容盛开的瞬间足以让所有花朵黯然失色。她穿上自己做的衣服，水蓝色的，戴着那对宽大的银镯。她甚至用唇去亲吻它，孤城，谢谢你。我抚摸着她的头发，绵城，你已是一个大姑娘了，你的年轻让我感到深刻的恐惧。绵城问，为什么？我说，因为我已经苍老。

在那个秋天即将结束之时，洛阳下了第一场雪，一切生灵都在这场大雪的安抚下得到了安息。绵城在那个下午穿着厚厚的衣服，在雪地里不停地奔跑，身影淡薄得如同一幅年代久远的水墨画。她捧起地上的积雪，转身大声地对我说，孤城，你要玩吗？我说我不玩，你自己玩吧。绵城在雪地里兴奋地玩着积雪。我静静地看着她，雪仍在缓缓飘舞，落在绵城微长的睫毛上，轻轻摩挲。

然后西夏人到来了，我和绵城目睹了一场空前绝后的屠杀。在他们离开的那一日，我站在一座燃烧的房屋后面，拥着十六岁的绵城。她把头贴在我冰冷的脖颈，双目紧闭，像一只小兽般发出低沉的呜咽。我望着远处连绵不绝的火焰，它们在洛阳苍蓝色的天空下肆意地燃烧，在风中飞舞，如残破的旗帜。

西夏的士兵在席卷了一切之后终于离开。整个洛阳城只剩下我与绵城。芳草萋萋，夕阳把一切都渲染得苍茫忧伤。尸横遍野，那些少年睁大眼睛空洞地望着天。我盯着他们，突然感到刺眼和恶心。鲜血从他们身下汩汩而出，缓缓浸染了这片广袤的土地。

我把绵城安置在一幢已经残破不堪的房里。天渐渐黑下来，屋外依旧有残余的火焰安静地燃烧。绵城的脸被浓烟熏成了浅黑，浓密漆黑的头发散乱地纠结着。我凝视了她很久，直到屋外残余的火焰全都熄灭，她却一直没有醒过来。

下半夜，空气微凉，我把衣服脱下来盖在绵城身上。这幢房子不远处就是我们的店铺，但是它在西夏人到来的第三天便化为了灰烬。那时绵城在我的身边，看着那些健壮凶残的士兵将火把投向店铺，她突然泪水涟涟，继而疯了一般哭喊起来，声音中带着巨大的悲伤和惊恐。哥哥，你让他们不要烧掉我们的房子，好不好，好不好，好不好？她一遍遍地哭喊着，直到嗓子嘶哑得讲不出话来。我一言未发，心中刺痛。远处的西夏士兵忘乎所以地烧掉了我们的房子，看着它在烈火中变成一堆无用的碎片，然后大笑着离去。

洛阳仿佛是在在刹那之间变为一座废城。天空、阳光、笑声，都已不复存在，只剩下一片荒凉辽远。

绵城在一片荒凉中突然绽放出花朵般绚烂的笑，眼睛漆黑而洁净。然后她对我说，孤城，尽管我们的房子不在了，但是我还有你送给我的镯子，并且我知道，你会一直都伴在我身边。我看着她，说，是的，我会一直都伴在你身边。

我用了一个小时在长途汽车站漫无目的地游荡。我给他发短信，孤城，你在哪里。他回短信，我已经到了洛阳。陈远，你回过头，就可以看见我。然后我回过头去。在此之前，我从未见过他的照片，从未听过他的声音。我想他应该是一个有着明亮瞳仁的年轻男子，眼神锐利且面容英俊。可是当我转过身的时候却愣住，眼前的人穿着红的棉布衬衣和深蓝色的宽大牛仔裤，戴着橘黄色的眼镜，化了彩妆，背着背包，歪着头站在那里，脸上是不羁的笑容。酒红色的头发在洛阳略带温暖的风中以一种无比张扬的姿态飞舞着。

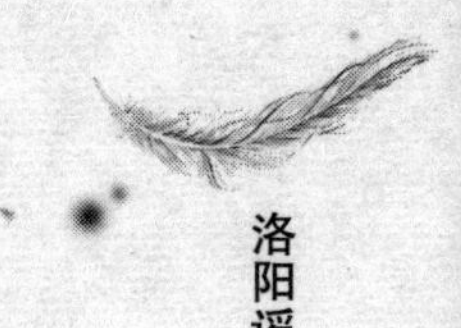

孤城，居然是个女孩。

我有片刻的迟疑，我想知道眼前这个带着不羁笑容的女孩究竟是不是与我在 MSN 上敲打了半年键盘的人。我的意思是，我不相信这个在午夜给我最深刻温暖的人居然是个女孩。可是在两秒之后，我还是对她笑了，我说，走吧。

时为五月，洛阳的气候略微干燥，我和她并排走在路上。街上车如流水，女孩子们穿着鲜艳的衣裙，脸上有着最廉价的笑容。在鲜活的人群当中我们的沉默尤为突兀。只是没有人注意我们，于是我们就这样一直不停地向前走。眼前的女孩告诉我，她的名字是，周浅。

周浅在那个夜晚住在我的小公寓里。我睡觉之前为她接了一杯水。她换上白色的睡衣，卸掉彩妆，浓密的头发海藻般散乱地泻在肩头。她赤脚坐在地板上，从旅行包里拿出一大摞杂志。我坐在旁边沉默地翻阅起来，关于摄影与旅行。她轻轻地说，这些或许对你要做的事情有帮助。我说，的确如此，谢谢你。她微笑，如同花朵在暮色降临之后枯萎之前散发出的凄艳的香。

我对她一无所知，我只知道我爱她。

我抱着枕头和被子，躺在沙发上。窗户半敞着，花朵的幽香被风送了进来，潮湿清雅。那个夜晚我睡得并不安稳，一直都在做梦。我梦见自己独自在海边行走，天色渐晚，海潮退去，沙滩和石子早已不再炙热，暖暖的，踩上去很舒服。我向大海一步步走去，眼前突然出现一抹绯红，然后如烟雾般渐渐弥散。那时我听到海的叹息，所有的花都开了。

然后，我又进入了另一个梦境，一个我已经做了很多年的梦，当我还是一个孩子的时候，它就一遍一遍地被回放，飘荡。一个看不清面容的男人轻轻吟诵着这样的一句诗："洛阳城东桃李花，飞来飞去落谁家。"他的声音轻易温暖了我。醒来之后，一切都消失不见，只有洛阳城华丽的夜空衬着一幅格外寂寞的画。空气中有异样的气息。我用被子将身体紧紧裹住，一双男人的眼睛分明在角落里注视着我，充满温情，瞳仁漆黑如墨。

我坐起身，确定自己看到了他。洛阳城东桃李花，飞来飞去落谁家。我问他，这句诗，你是为我而吟诵的吗？他回答，是的，自我们离开了洛阳，我就在为你吟诵。我听不懂他在说什么，突然变得不知所措。一双手穿越了空气，抚摸着我的头发。陈远，总有一天你会知道这一切。他说完之后我听到梦境恍然破碎的声响。

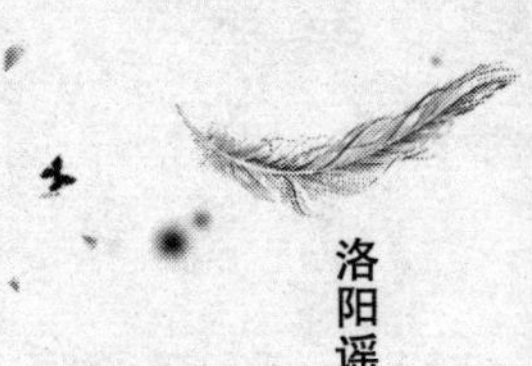

绵城在我即将睡去的时候醒来。洛阳的风变得异常凛冽，我将她抱在怀里，她用手抚摸着我的脖颈。她的双手冰凉，我的脖颈也是同样的冰凉。孤城，一切都过去了，是不是？绵城这样问我。是的，绵城，西夏人已经离开，一切都过去了。我低声回答。可是孤城，我很害怕，我看到了血，从那些人身下汩汩而出。我抱紧她，绵城，不要害怕，无论什么时候，你都要记得，我永远伴在你身边。绵城把脸贴在我胸口，孤城，我听到你的血液流动的声音，我听到了你的心跳。在洛阳深夜寒冷的风中，绵城泪流满面，她说，孤城，我再也快乐不起来了，再也快乐不起来了。那一瞬间我仰起头，仿佛看见属于绵城的快乐长出翅膀飞离了她。

我想起刚把绵城带回家时她还没有名字，我为她取名为绵城。她问我，为什么？我说，连绵的城，连绵出一片温情。我不想让你如我这般孤独。以后，无论遇到什么事情，你都要快乐地生活。

一个月之后我带着绵城离开了洛阳，这座已经废弃的城。在路过店铺时绵城泪水涟涟，她对我说，孤城，让我再抚摸一下那间房子的墙好吗？我沉默地点点头，抱她下马。绵城一步步走过去，事实上那已不是房子，只是残垣断壁。绵城伸出手去抚摸那面被毁损的墙，呢喃着说，再见。

当我们来到江南水乡之时那里刚好下着缠绵悱恻的雨，细雨如丝，不带丁点的肃杀。我们找到了一间废弃的房屋，安顿了下来。

半个月之后店铺重新开张。日子仿佛回到从前，我把样式剪好，她采来大捧大捧的花朵把布料染上绚丽的色彩。在此之前，这里的人用紫色的桑椹染色，他们从不知晓花朵的汁液也是极好的染料。事实上，除了我的妹妹绵城，还有谁会知道呢。依旧有许多女孩穿上绵城染就的衣服而变得鲜艳明媚。我对她说，绵城，很多人喜欢你的衣服，你应该快乐。绵城停下手中的活对我说，孤城，你错了，我永远都快乐不起来了，在那个夜晚，我已经对你说过。

我在来到江南的第十五个夜晚喝下一杯酒，绵城也喝了一杯。那一日江南下了一场百年不遇的大雪，风雪低回着悲鸣。绵城对我说，孤城，我突然想念洛阳了，我想念那里的人、天空、云朵，还有我们的店铺。我让绵城坐到我身边，为她吟诵了一句诗："洛阳城东桃李花，飞来飞去落谁家。"绵城说，真美，孤城，你以后只为我念这句诗好吗？我亲吻她的额头，说，好。绵城突然泪流满面，孤城，我知道，你一直都寂寞着，如果我快乐起来，或许我会为你排解寂寞，可是我再也快乐不起来了。我笑，说，有你在，我怎么会寂寞。

之后的每个夜晚我都会为绵城吟诵这句诗，只这一句。她有的时候会坐在

我身边，有时候会坐在我腿上，无论怎样，我们在一起。

来到江南的第三十个夜晚，绵城睡下之后，我突然听到有人呼唤我的名字，一遍一遍，孤城，孤城，孤城。适时我正坐在窗台上看落雪缓缓坠下。我起身，问，你是谁，你要做什么？那个声音对我说，走出来，一直向前走，便能够得到你想要的。我说，我只想让绵城如从前般快乐。那个声音继续对我说，你，走出来。

当我穿过江南的十四条流水之后终于来到一幢房子前。房子的样式很特别，由许多幽蓝的石块堆砌而成。天空中突然飘起了细雨，缠绵悱恻。那个声音继续说着，走进去。于是我推门而入。

第二天傍晚，杂志社举行了一场酒会。我问周浅，你要不要去？周浅说，我要去。酒会设在一家酒店的大堂，墙上挂满了优秀的摄影作品。周浅拉着我的手一幅幅看过去，眼神异常黯淡，隐约能够看出她对这些照片嗤之以鼻。她突然转过脸来问我，陈远，这里没有你的作品吗？我说没有。她问为什么。我说，因为主编根本不欣赏我拍的照片。周浅点点头，没有再说什么。她指着一幅照片，上面是一条又脏又乱的巷子，一个衣衫褴褛的小男孩坐在家门前看天，天光将男孩的脸映得格外清晰，没有孩童的天真，只有愁苦。这幅照片，是谁拍的？我很喜欢。我笑着回答，是一个同事。不远处的阴郁男子手中拿着一杯红酒，正和主编说着话。周浅突然笑了，她对我说，陈远，等我一下。我说，好。

周浅走过去，拍了拍男人的肩膀。

“你拍的照片很棒，我喜欢。”

“我拍的照片都很棒。不过，还是很高兴你能喜欢。”

“你的照片和他们的都不同。”

“是吗，有什么不同?”

“你的照片，是有灵魂的，它能够与人的灵魂相通。”

璀璨的灯光下，男人郑重地抬起头看着周浅。她的笑容清澈无比，看起来像极了一个不谙世事的小孩，无论如何她刚才说的那番话都是出乎他意料的。男人举起酒杯，我想请你喝一杯酒，可以吗? 周浅微笑，当然，当然可以。我远远地站在一旁，周浅回过头来对我微笑。我突然感到一切都悄然静音，而那个曾经出现在我梦中的男子正隐蔽地坐在某个角落，面容模糊不清。

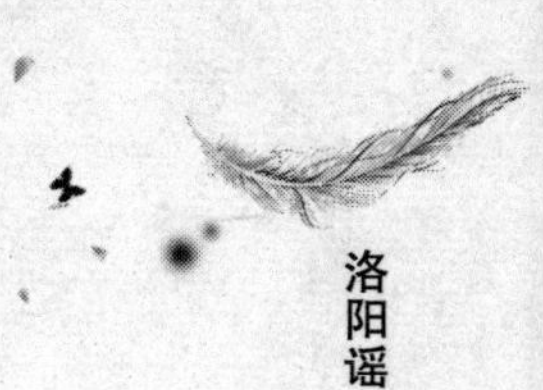

你快乐吗？他轻轻问我。

为什么突然这样问呢？我很快乐。

因为我想知道。男人回答。他拿起一杯红酒，一饮而尽。我独自寂寞了那么久，饱受轮回之苦，在我的世界中没有任何光明，而我所经受的这一切，只是为了想要知道你是否快乐。说完之后他笑了，继而消失不见。

凌晨一点，我回到家。周浅没有回来。她整个晚上都在同那个阴郁的男子说话。我独自睡去，没有梦，没有风，没有声响。我昏昏沉沉。那个常在梦中出现的男子，他竟在酒会上出现于我身边并对我说话，那些话究竟是什么意思。

我听到公寓门被粗暴打开的声音，周浅回来了。她来到我身边，俯下身亲吻我的眼睛。我清醒过来，她身上带着各种液体混合后的气味，异常刺鼻。我说，你去洗澡吧，然后睡觉。周浅没有动，倒在我床边对我说，他给我的感觉和以往所有男人都不一样。她开心得像个小女孩，面颊红润，异常漂亮。你们做爱了？我问。是的。她回答。我转过头去看了看蓝色的窗帘，在风中摇摇欲坠。突然我对她说，你知道吗，在你还是孤城的时候，我就已经爱上了你。

周浅洗完澡，换好睡衣，赤着脚在地板上走来走去。她的头发无比纠结。我看着她，穿越了她的瞳仁仿若看见了之前她所做的一切，听到她轻微的呻吟……现在她看上去更像一个素净的学生，消瘦且苍白。她俯下身对我说，我也爱你，陈远。然后她亲吻我的唇。我用手臂紧紧抱住她，说不出一句话来。那个夜晚，周浅睡在我的身边，我们相拥而眠。男人竟没有出现在我的梦境中。

凌晨五点，周浅突然睁开眼。“洛阳城东桃李花，飞来飞去落谁家。”她低声吟诵。谁教你的？我在梦中含混不清地问。没有谁，当我还是一个孩童的时候，就已经会念了，她说。

天空缓缓破晓，空中似有鲜血流淌，我们应该离去，带着我们的有罪之身。

我推开房门，然后看见了一个女人，一袭黑衣，容颜寂寞憔悴。我是夜神，传说中在落雪之夜出现的神灵，能够满足人类的一切欲望。那么，你能让我的妹妹绵城得到生生世世的快乐吗？我问。当然可以，不过你要用一样东西来交换。什么东西？当然是你最珍贵的东西了。我看着她，这个女人或许已在世间存活了千百年，抑或更久，但时间并未在她脸上留下任何痕迹，她依旧有着让人窒息的美。孤城，你有一双异常明亮的眼睛，你的瞳仁漆黑如墨。那么，我愿意用自己的眼睛换取绵城生生世世的快乐。夜神看着我，你确定？我说，是的。夜神的眼里闪耀着光芒。我不知不觉地沉沉入睡，等待天空破晓天光大亮。

当我醒来时，我听到了绵城的笑声，像江南潺潺的流水，缓缓淌过心房。阳光照在我脸上带来了温暖，我想起了昨夜那个娇媚寂寞的女人，她是夜神。也许一切都只是个梦。

绵城走过来叫我，那脚步声是如此熟悉。她走到我床前，大声地叫我，孤城，起床了，快起床了。我对绵城微笑，拉起她的手，然后睁开双眼。

眼前是连绵不绝的黑暗。我在一瞬间隐入深深的绝望。我在洛阳的时候，每日下午都会盯着空中的太阳看，看它退入远山。我漆黑如墨的眼睛在那一刻会有短暂的失明，待天色渐晚，它们便逐渐恢复清朗的光泽。

我起身，对绵城微笑，在这样的微笑中我听到她的声音，她说，哥哥，我又变得快乐起来了。我问她，如果有一天我离开了你，你是否还会这样快乐地生活下去？绵城拉着我的手说，哥哥，你为什么要离开我呢？你曾经对我说过，无论什么时候，都会和我在一起。

就在那一刻我的身体轻轻摇晃，意象中出现了洛阳苍蓝的天空、飞舞的杨花和茫然无边的雪地。我毫无征兆地开始流泪。我不知道这泪为何而流，绵城也不知道。看到我流泪的样子，她害怕极了，她用小手颤抖着替我拭去脸上的泪痕，低声说，哥哥，你的眼睛怎么了，为什么变得黯淡无光？我说，因为现在我已看不见任何东西了。可是绵城，你不要惊慌，用我的双眼来换取你生生世世的快乐，是多么值得啊。江南冰冷潮湿的风扑面而来，绵城依偎在我身边亲吻着我的脸颊。她说，哥哥，无论怎样，以后我们都要永远在一起。我不会离开你，我永远都不会离开你。

在那以后的日子里，我们的店铺便由绵城一人疲惫地经营着。她把布料剪裁成各种样式，然后采来大捧明媚的花朵，把布料晕染出绚丽的色彩。而我，除了静坐在一旁，再也无法做其他的事。

每个下午关掉店铺后，绵城总会走到我的身边对我说，孤城，我们走吧。她拉起我的手，掌心柔软温暖，而我的手指却干燥冰冷。绵城柔软地牵着我走出去，那时夕阳应该已经缓缓落下了。绵城用清澈的声音对我说，哥哥，太阳已经落山了，我们回家吧。我说，好。一路上，绵城不断地描述着各处的景致：房顶上堆积的厚厚的落雪，枯干的树枝上有几只纸鸢若隐若现。我在心中默然地叹息，如果在冬天的洛阳，它们或许早就被肃杀的寒风吹得四分五裂了。许多景致在此之前我已见过，可我依旧喜欢听她说，她的声音那样温暖，像春末夏初和煦的阳光，让我感到快乐。

雁字回时，月满西楼。天高似穹，洛阳的天空呈现出一片苍蓝。我大学毕业后没有选择就职于那家杂志社，而是去了一家电台做了一名普通的 DJ。我在深夜十二点的时候准时出现在录音棚里，接通各种各样的电话。有的人失恋，有的人想要自杀，还有的人已经走投无路……很多时候我都只是一个倾听者，我用心倾听着他们说的每一个字。其实，这些生活在洛阳的边缘人，他们的精神如游魂般无依无靠，除了倾诉，别无他求。很多次，当一切哭泣与倾诉都结束之后，他们对我说，谢谢你。然后电话自动切断。

十月二十三日，我照例为听众们播放了一首好听的歌曲，然后如平时一样接通电话，倾听这些不安躁动的灵魂那一场又一场庞大的午夜倾诉。有一个电话令我印象深刻，那个男人说着一口标准的普通话，声音干净明朗。他并没有如别人一样喋喋不休，只是讲了他的初恋和他爱过的女孩，甚至讲到了他第一次做爱，讲到黑暗中女孩的泪水流到他修长的手指上使他忐忑不安。听这些故事时，我把背景音乐换成了班得瑞的纯净乐曲，然后换了一个舒适的姿势，默默地，像个老朋友般倾听起来。最后，他低声说，我去电台见你，好不好。我在三十秒钟之后回答，好。

洛阳的天空被黑夜滤掉了所有的喧嚣和吵闹，变得安静，让人卸下所有的疲惫。我穿了一件宽大的酒红色毛衣、洗旧的牛仔裤和一双白球鞋。风有一点凉。我站在电台楼下，默默地等。风把我浓密的头发吹得凌乱，我依然以一个不变的姿势地站在那里。一个半小时之前的那通电话让我如此笃定地相信拥有那个声音干净明朗的男子一定会如约而至，我从未怀疑。

五分钟之后他来到我的面前。和我想象的大致相同，是面容清朗的男子，手指修长，黑色的衬衣和牛仔裤，腕上共有六条手链，额发长得遮住了眉毛。看着他，我轻轻地笑。他的眼神是犀利的，带着如伦敦烟雾般弥散的哀伤，或许是我的错觉。

谢谢你听我讲故事。他说。

没什么，你的故事很动人。

很早之前我就想来看看你，一个穿酒红色毛衣面容憔悴的女孩。

我说，是吗？

然后我们都笑了起来。

他陪我坐在一棵枫树下。已是秋天，枫叶一片火红，偶尔会飘落一片叶。我下意识地去接，他看着我，带着莫名所以的神情。爱如捕风，你想要捕捉注定离散的风吗？我说，不想，因为自己不会为任何一场明知道没有结

果的爱情决绝地付出。

我们坐在那棵枫树下聊了一个小时，然后互换了手机号。再一个小时之后我对他说，我要回家了。他并没有如平常男子般虚伪抑或殷勤地表示要送我回去，而是对我说，好的，再见。

回家之后我看到周浅穿着几近透明的睡衣赤脚坐在地板上喝着一杯冰水，透过衣裳隐约能够看见她优美的胴体。我踢掉鞋子走到她身边。她瞪着那双黑白分明的眼睛问我，你去了哪里？我俯下身亲吻她的额头，说，我在电台楼下和一个男人聊了很久。她问，你爱上他了？我说，我不知道，或许是，或许不是。周浅突然对我绽放出美丽的笑靥，她说，陈远，你可以爱上别人的，但是无论你爱上了谁，都要告诉我。

十一月到来的第一天我感冒了，嗓子在一夜之间变得很沙哑。我向电台请了假，穿着厚厚的棉衣蜷在家里。周浅不停地为我端来热水，着急地问我，你还好吗？还好吗？我微笑着抚摸她柔美的脸庞，说，我还好的，还好的，别担心。周浅露出了狡黠的笑容，陈远，我这样爱着你，你会很快好起来的。

傍晚的时候她离开了家，去找那个面容阴郁的男人。我在暮色中翻阅着她送给我的杂志，沉默地喝着开水，没有阻拦她。无论她做什么，我们都彼此相爱。

夜，我独自躺在床上，头昏昏沉沉。我拿起手机，毫无征兆地拨下一个号码。电话接通，对方的声音干净明朗。我说，我病了，我很想念你。电话那端的声音似有一些游移，你还好吗？要不要我去看你？我说，不必了，我现在有些寂寞，想和你说说话。他说，好。

于是我开始不停地说，说得乱七八糟。我知道自己正在发烧，可是没有办法，我只是想找个人说说话。说到最后终于累了，没挂电话便睡了过去。

那个夜晚，我从平静的睡梦中醒来，嗓子很疼，头也是。角落里又出现了男人温情的眼睛。不同的是，他漆黑如墨的瞳仁变得孤独而黯淡。我问他，你的眼睛怎么了？他对我说，为了妹妹生生世世的快乐，我用自己的眼睛作为交换给了夜神，所以，我现在已看不见任何东西了。我说，你为什么这样傻呢？他说，因为她是我的妹妹，我那样地爱她。

我的头在那一刻剧烈地疼起来，眼前一片迷茫。男人在天空破晓之前为我吟诵起那句诗，“洛阳城东桃李花，飞来飞去落谁家。”他说，我已经回到了洛阳。

门开了，周浅的脸上带着颓丧。

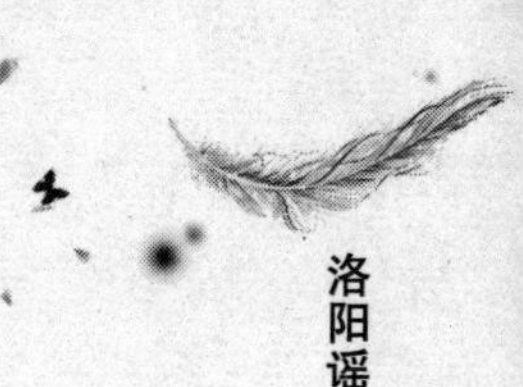

她坐在走廊的地板上，垂着头对我说，为什么这么快？就好像从前一样，轻易地在一起，最后轻易地分开。

十八岁之后，绵城变得越来越沉默。再也不会兴奋地对我说起什么。我依旧在夜晚到来时搂着她，为她吟诵："洛阳城东桃李花，飞来飞去落谁家。"绵城轻轻地握着我的手。她的呼吸已不再是十六岁时那种单纯且均匀的呼吸，变得有些急促。我没有问她什么，而她，亦什么也不说。

绵城照旧会在店铺里打理生意，我坐在一旁，总是低着头。中午时绵城总是毫无理由地离开，下午才回来。我不知道究竟发生了些什么。事实上我早就应该明白，总有一天她会厌恶我，一个毫无用处的瞎子。这一天终究还是到来了。

于是我用每天入睡前的时间回忆我与绵城之间的点点滴滴。

我第一次看见她时，她正赤着脚走在洛阳广袤的土地上，头发浓密，眼睛漆黑。她看见我，突然绽放出笑容，孤城，你的眼睛很明亮。

她十六岁生日的时候，我送了她一对银镯，她亲吻着它们，对我说，孤城，谢谢你。

西夏人来到了洛阳，掠走了一切，烧了我们的房子，泪水涟涟地绵城对我哭喊着，哥哥，你让他们不要烧掉我们的房子，好不好，好不好，好不好？

我把绵城带到了江南，我说，无论遇到什么事，我都会永远和你在一起。

两年前的那个雪夜，我用自己的双眼与夜神交换了绵城生生世世的快乐。绵城拉着我的手对我说，哥哥，无论怎样，我不会离开你……

如此琐碎繁复的片段在脑海中交替上演，我时常会因它们泪流满面。

我真的已经累了。我想要逃匿，带着我残缺不全的肉体。或许我应该回到洛阳，那座已经荒芜废弃的城，在那里度过余生。我已真的苍老，这种感觉异常强烈，可我早已没有了几年前的惶恐。

离开之时我又遇见了夜神，那天地之间最美丽寂寞的神灵。江南的风缠绵悱恻，让我干燥的失明的双目竟有了丝丝的温润。她看着我，朗笑出声。我问她，你为什么笑？夜神没有回答，反问我，你后悔吗？我说，为什么要后悔，从我把眼睛交给你的那一刻起，我就知道这一天迟早会到来。夜神说，孤城，你为什么要这样一意孤行呢？现在我可以把眼睛还给你。你知道吗？你那双漆黑如墨的双瞳，一直被我珍藏于手心。我叹息，不必

了。然后离去。在那个月明风清的江南之夜，除了夜神，没有人知道我去了哪里，包括绵城。

当我再次踏上洛阳广袤的土地时，寒风呼啸，迎接我的是一场声势浩大的雪。年关将至，我清晰地听到小孩子兴奋的嬉闹声，这让我不禁想到了那一年，还是个孩子的绵城在雪地里面开心地转过头来问我，孤城，你要玩吗？物是人非，我突然悲伤不已。迷蒙之中，我的眼前竟出现了绵城和煦如阳光般的笑容。

洛阳的生活平静如水，我孑然一身，只因没了绵城。

除夕的前一天，我闻见一阵潮湿的花香，被寒冷的风携进屋来。于是我知道窗外的那棵腊梅已经盛开。花非花，雾非雾，夜半来，天明去。窗外肆虐的狂风轻易地扯破了房门，风雪之中夜神又一次来到我面前。她对我说，孤城，是该回到江南的时候了。我说，我不想回去，在洛阳很好。夜神说，可是绵城一直都在找你。我微笑，不予理睬。夜神说，我知道你不相信。可是，她的确一直都在找你。我曾进入她的梦中，她对我说，几个月以来，她一直在寻找可以让你复明的灵药，她从未想要离开你。她在梦中乞求我，让我带你回家。

尖锐的痛划过心房，我不由自主地失声恸哭。我对夜神哽咽着说，我回去，我回去。

我穿越了夜神的身体，回到了雪落遍野的江南，透过蒙眬的夜色，我又见到了妹妹绵城。她赤脚坐在地上，低垂着头，脸颊一片湿润。她正喃喃自语，孤城，你在哪里呢，是回到了洛阳吗，还是在我不知道的没有尽头的远方？风破门而入，雪咆哮着冲进来，绵城倒在冰冷的地上，浓密的头发散乱着与雪花纠缠不清。朝如青丝暮成雪，她原本漆黑浓密的发在与雪花纠结之后竟在瞬间染上了绵长的白。

我推开门，把她拥在怀里，轻声地唤她，绵城，绵城。绵城睁睁看着我，眼神中突然有了清朗的光泽，她孩童般咧开嘴开心地笑起来，继而又低声哭泣，哥哥，你为什么要离开我呢？为什么要让我一个人孤独寂寞，在这缠绵悱恻的江南？我抚摸着她光洁绵长的白发说，绵城，以后，我再也不会离开你了。绵城像从前那样用冰冷的脸摩挲我同样冰冷的脖颈，她柔软的手指与我的十指相扣，然后，垂了下头。

她死了。

眼前是连绵不绝的永夜。我抱着绵城站起，对夜神说，我要生生世世陪在她身边。夜神冰凉的叹息在江南的水汽中弥漫，她说，孤城，你的来世会有享用不尽的荣华富贵。我说，与绵城相比，这些如粪土般一文不值。我

亲吻着绵城的脸颊，继续低声说，只要能和绵城在一起，我就很开心了。夜神说，你为什么这样固执呢？我摇头，你是世间最美丽寂寞的神灵，不识人间烟火，又怎能了解人类的情感。夜神说，是的，我已经活了千百年，对人类的情感早已不再明了。我当然可以答应你的要求，可是孤城，你要明白，今世的你将只会出现在绵城来生的梦境之中，而且，经过轮回转世，她早已不记得一切。我说，我知道。夜神继续说，你的转世会陪在她身边，但你将得不到他物，即使得到了，也会如流星划过天空般转瞬即逝。在夜神的微笑照亮房屋之时，我大声说，我愿意用自己生生世世寂寞的轮回来换取与绵城永恒的相依。

透过夜神的眼睛我看到了绵城的转世，一个名叫陈远的洛阳女子。同样清洁的眼睛，同样浓密纠结的黑发。而我的名字是，周浅，我与她在 MSN 上相识相知，告诉她我所知道的一切。

我问夜神，为什么我不再是她哥哥？夜神回答说，只有这样，你们才能永生永世形影不离。

我看着自己干燥冰冷的掌心，我想知道，那里是不是长出了一条新的纹理。

经过寂寞的轮回，我终于出现在陈远安然而绵长的梦中，在每个星光坠落的夜晚。她的梦总是色彩斑斓，而我习惯如百年之前那样为她轻吟那句诗：“洛阳城东桃李花，飞来飞去落谁家。”她在醒来之后会轻声喘息，头发纠结。我的眼睛依旧漆黑如墨。

自从那个男子出现在梦中，我就想要问他，你是谁。

那一天，当他为我吟诵完那句诗之后，我终于问他，你究竟是谁?

他低下头轻笑，然后用那双看不见任何东西的黯淡的眼睛望着我，说，我是你的哥哥孤城。你听清楚了吗？你知道我是谁了吗？你再重复一遍，我是谁。

然后我也笑了。我说，你是我的哥哥，你是孤城。

后记·壹

梦游书

月光是我的蚕丝被，睡成一个茧后，谁也不准出来。

得以整理出版自己两年以来的全部短篇小说，心中自然有大欢喜。免不了在整理文本之余，顺便回忆些零碎的片断。

想起自己的初中岁月，待夜深人静，便在灯光下翻开厚厚的随笔本，映着倾城月光一笔一画写下令自己动容的句子，直至疲惫得无法继续，才沉然睡去。文字似乎总在梦里得以出版，梦醒之后唯记得现实与梦落差太大，无限伤怀。

那时我正处于一个将梦想挂在嘴边的年龄，也是不知天高地厚、心性浮躁的年龄。拥有诸多难以实现的梦想并非好事，自视甚高往往会摔得很惨——如今，在成年之后的第二十六天，回首审视四年前的自己，隐约可辨脸上浮躁焦急的神情。这令我不禁想起十四至十六岁那段早已被打上“幼稚”烙印，遁入寂静的时光。它沉湎于黑夜，吮吸着暗的力量。

倘若很久不提那段岁月，请不要以为是我忘了。有些事情不能说，不能想，却又偏偏不能忘。那是早已离我而去的另一个自己。年少轻狂，在初一结束的假期躲在冷气充足的书店中，徘徊于琳琅满目的书架前，取出自以为装祯还不算太次的书，翻到有出版社电话的那一页，颤抖着双手拨通电话，用同样颤抖的声音对也许没太大耐心听我讲话的编辑说，您好，我想

要出版一本散文集，不知您是否有时间看看我的稿子？

高中以后，与其说是将心放平，倒不如说是将诸如名利、财富等身外之物看淡。逐渐明白诸多人生必须遵循的规则。而这些，恰是我向来十分鄙薄且疲于应付的。可是，人之所以有别于其他生物，便在于随着年岁的增长，附加于自身的筹码愈发沉重，令人举步维艰。最为可悲的是，人不得不为了保全利益，抑或其他什么目的而将诸多烦愁之事揽于身。我本不愿如此，然而回首时发现，如今的我，与原本想要成为的自己，所出现的偏差早已不再是丁点。时间的灰垢终究还是在身上落成了轨迹。正如史铁生先生在《务虚笔记》中所写：一盏和一盏路灯相距很远，一段段明亮与明亮之间是一段段黑暗与黑暗，我的影子时而在明亮中显现，时而在黑暗中隐没。

每个周三或者周五的中午，第四节课结束，我便背起书包走出校门。学校建在山上，出门之后是一段斜坡。斜坡的尽头孤独地伫立着一座基督教堂，它曾反复出现在我的小说中：暗红色的砖墙，尖尖的十字架。这一切在三月的天空之下显得异常醒目。午后时光寂静绵长，教堂大门紧闭。零七年冬，几乎每个周末我都会来到这里。牧师的布道令我逐渐明白自己生命之中本该避免的羞耻与罪孽。每当这时，我便觉得为了赢得日渐充裕的物质生活而一次次放弃让内心更加充盈的机会，是多么可悲。

当知道所有短篇被集结出版时，心中有瞬间的迷惘，本该迸发的莫大欣喜竟不知何故沉沉地积压在心底。这是否就是常被人提起，而我却一直不太愿意相信的成长，以及时光之岩所蕴含的巨大力量。

原本一直以为自己是最能坚持的人，哪怕全世界所有的人都选择放弃，我亦不会。走到如今才逐渐懂得，有的人选择放弃，并非出自最本质的愿望，只是无法与时光相抗衡，逐渐淡漠了心底灼灼生辉的梦想。这是人之可悲，也是人之幸事。人终其一生背负着梦想的十字架踽踽独行，人生势必充满劳顿与不堪。而倘若人因恐惧劳顿抑或生计而放弃梦想，则必将为自己平静的人生添几分悲凉。

此刻的我思绪有些混乱，总有许多事盘踞在大脑的某一部位，并在我试图冷静书写时争先恐后地涌出——这后记的题目便可看作是混乱的说辞。

写这几篇小说的时候，我已将一切都想明白——既然我的文章是不被编辑所喜爱的，那么又何必费尽心思投机取巧地违背自我意愿去求得物质上微薄的报酬与虚荣心的满足。事实上，我口头表达能力极差，引喻失意的情况时常发生，疲于应付虚假的客套，因此在外人眼中难免粗暴直白。我不愿如此，但更加不愿强迫自己成为言语软弱之人。我深知自己内心拥有许多空缺，有些甚至在外人眼中是可笑可鄙乃至致命的，但目前我却不愿为

了些不成文的社会准则而委屈自己——人终归是要执著地活，不趋炎附势，充满气节，甚至为了拷问本心而放弃快乐——事实上，这也只是我“生而为人”的理想状态，并愿为之坚守，坚守一生。

或许多年以后，便会觉得一切不过是出自少年之口的经不起时间检验的誓言。今日写下如此狂妄的言语，仅仅希望自己能够永远铭记：我也曾如此诚挚地希望自己能够成为一个淡定且干净生活着的人，不背弃，不妄为。哪怕多年以后早已将一切都背弃，狂妄得不知天高地厚；哪怕多年以后这美好的遐想已成为妄想空想以及幻想。

我知道，人永远无法主宰自己的过去、现在和未来，正如无法阻止生与死。很多时候我愿意相信在地球以外的空间会有神灵超然存在，掌管世间悲欢离合，将人们变作木偶，在掌心上演一出出戏，并以愉悦与戏谑的心情观赏：愉悦于剧情的波澜起伏，戏谑于人的自以为是。诚然，人类可以主宰一切，可人类又什么都不是。

常在为一些事伤心时想到，倘若能够冷静且理性地主宰自己的情感，该是多么幸福的一件事情——这种想法反反复复地出现在阅读王磊的小说《我是一只风筝》的那段时间。六年前看了一部名叫《纸风筝》的连续剧，心中无限感动，并就此念念不忘。一年半以前下载了原著《我是一只风筝》，在深夜匆忙阅读，心中哀伤不已，之后写下《不离的纸风筝》，以表达对原作者的无限敬意。前些时候费尽周折购得此书，因出版于七年之前，拿到我手已陈旧不堪。心怀珍惜地重新读过，因其中某些段落而哭得不能自持，仿佛心中的哀伤在那一刻达到顶端。一连几天头沉沉地疼，懒于翻阅自己的书稿，甚至懒于做任何事情。

是谁曾经说过：一片树叶，只有得到了全树的默许，才能独自变黄。

诸如此类的言语总令我心生慨然，究其原因却不知在何。成年之后，一心一意自我规劝该以崭新的姿态面对往后漫长且充满未知的世界，做到心绪平然，处世波澜不惊。不知十八岁是否当属恣情放纵的年纪。某些时候，与同龄人交谈，发现自己竟对他们所崇尚的流行元素一无所知，像是两个时代的人。不知道这究竟是我的幸运，还是悲哀所在。

有厌弃却不得不做的事。厌弃喧嚣，厌弃吵嚷，厌弃与陌生人过于热烈的交谈，厌弃媚俗，厌弃妄言……夜深人静时会从书橱中取出买了很久却没时间读的书，开一盏灯，阅读的同时随手摘录下令人心颤不已的句子。

十四岁时我曾愚蠢而天真地幻想自己或许有一天会写一本书，写一本让所有人都忍不住喜欢的书。直至《双生》出版，溢美之词自然是有，但我念念不忘的竟是偶然看到的毫不讲理的谩骂。我百思不得其解——若不是有

深仇大恨，谁又能说出这样的话？

或许，正如李锐在《人间》中想要传达的那样：生而为人，八面玲珑，诚然是一件太过艰难的事情。

有时也会劝慰自己，是否该如诸多前辈一样放开些，坦然些——毕竟有些事不取决于自身。可又总觉得这是消极的人生态度，不愿如此，作罢。

这次，我冒着被误读奚落乃至谩骂的危险将这几篇小说呈现于你的面前——我深知，我，以及更多执著于写字的同龄人，无论多想摆脱年龄的局限而尽力写下些郑重其事的文字，对许多人而言仍是虚妄。舆论制造的一个个五光十色的泡沫已迷蒙了他们的双目。换言之便是我们的成长年代因各种原因被贴上了形形色色却又殊途同归的标签。面对这标签，以之为荣者也有，但我相信大多数心中尚存气节的人将终生以之为耻——当“青春”、“校园”已成为某种令人可鄙的噱头，当定中短语本末倒置，我不知该再说些什么。

我尊敬的一位女作家曾说过这样的话，大意为：**写作并非吃青春饭的事情，写作是血液里的呼喊，是无法停息的声音，如果停了，灵魂就死了。**类似的言论出自前几周所看的一档访谈节目，一个北漂了许久的女萨克斯风手在面对镜头时说，我不太愿意隐瞒自己的年龄，是因为我的音乐。我觉得，我不可能出去装二十五六岁，如果真是这样，那这么多年，我在奔什么呢。十几年的漂泊路上，只有年龄能证明这个女人在为了音乐而坚持。如果我隐瞒了自己的年龄，就等于亵渎了我对音乐的奔波和坚持。

从某种角度而言，年长似乎是一种证明，证明自己曾为梦想打拼过，证明自己曾心怀激情地存活于世，但年少绝不是炫耀的资本。每当看到有的写文章的小孩骄傲地说出自己年轻得几乎可以捏出水分的年龄时，我只是默然喟叹。年龄终归是瞒不住的，而我之所以不太愿意将之作为某种切入点，仅是怕别人关注这些无关紧要的事物超过文本本身——于一个作者而言，这将是最大的悲哀。

至此，恍然觉得前面的话语太过武断锋利，仿佛是在以一种决绝的姿势将自己置身于未知的境地，并怀着世不容我的心态向着陌生冷峻的世界前行，这很好。

是为后记。

Pluto

5/2/2008 12：38：30 AM

后记·贰

所谓青春。所谓怀念

北京的冬日总是很漫长，以致于春天便略显短促。即便如此，每一日的空气中依然会弥散出满是生命力，倔强且青涩的鲜活因子。

天桥边的树一夜间抽出了绿芽，人们换上了鲜亮色彩的衣装，不知在哪儿躲了整整一冬的流浪猫伏在懒懒日光里小憩，偶尔半睁开眼斜睨飞过的蝶……

在这样明媚的光景中，就着香浓的黑咖啡，伴着《不离》曼妙诞生。

之前的名字是《关于爱，关于时光》。坦白地讲，我更偏爱这样恬静温暖的书名，如同午后慵懒流逝的天光。

如同，初夏不期而至时，安分下来晒太阳。

于是记忆被曝光于夏日，随手拉开便像是小时候喜欢玩弄的胶片。那些曾经弄丢的年少的暧昧情愫在此时忽地又饱满起来。

不由自主地开始沉溺于过去，眼前幻境犹然真实，时间、地点、人物都毫无理由地清晰。尖锐。无法停滞。

那时候，某个时期的人，总能让我幸福地坚信这世上还有无怨无悔无欲无求深爱自己的人。应该就是在 Pluto 写下《不离》时候的这般年纪吧，毫无理由地认为伙伴是那么温暖的词汇。原来，从前看到美好的东西，便真会觉得美好，无须粉饰任何。

更年幼时候的Pluto，青涩得可爱，稚嫩得令人怜惜。就算是已知的情节，仍可乱了心绪。那种亲近又疏离的感觉，是不受意志掌控的幻念，却能在Pluto的低眉浅述中长久下去。

现实中的那些日子，终究伴着周遭人事的更迭一去不返。不知何时开始，走在路上，偶尔会想要回头看看——看当初常伴左右之人，凝望我时，我竟那样心不在焉。终于还是擦身而过，只是遗憾始终未能拍下的相片。

一旦分离，后会无期。

是因为，那时的我们太年幼吗？

是因为，这就是我们的人生吗？

难道，这就是成长吗？

难道，好朋友，不可以一辈子吗？

眼里尽是初夏的美好景致，心里却是凋零残像。

在时光里。连时光自己都以为错失太多。透过时光。终于明白我们的确错失了很多。

或许，这便是所谓的青春，所谓的怀念吧！

纸上偶像剧策划编辑： 卢鱼

卢鱼博客： blog. sina. com. cn/looriam

卢鱼邮箱： looriam@yahoo. com. cn

后记·叁

一起把梦做完

四月，我去了三趟青岛，两次出差，一次参加程程十八岁成人典礼。

典礼在岛城一家豪华酒店举行，到场嘉宾是她的至亲，以及两位在她成长过程中起到积极指导意义的师长，还有我。

致辞时，程程对台下亲朋说：感谢我的家人、老师，是你们无私的爱，让我幸福成长。

顿时很感动，在程程心中，我已非朋友，而是她亲人。

或许，这便是友情最高境界。

认识程程三年有余，我对她说的最多的一句话是：**要么不做，要做就做最好。**这不但是我对她的勉励，同时也是对自己的要求。

三年来，我从上海漂到北京，从广告行业跳到现在的图书出版，从一无所有到生活安定幸福，变化不可谓不大，而程程则由一个天真烂漫的初中生长成为现在的大姑娘。正如我在致辞中所说：我们见证了彼此变化最大的三年，并且，没有让对方失望。

如果能够做自己喜欢做的事情，并且能做好，对谁来说都是幸福。此刻的我，便处于这样的幸福中。自去年加盟国内最优秀的出版机构——博集天

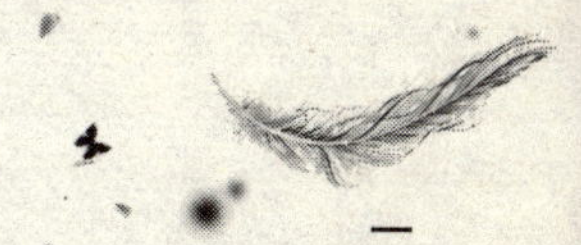

卷图书公司后，我的生活便蒸蒸日上，创建“纸上偶像剧”，推出了三本书，每本都取得了优异的销量，特别是程程的《双生》，上市三天便卖出了台湾版权，两月销量过十万册——这几乎是今年第一季度青春校园图书最佳记录。我和程程都特别高兴，是我们成就了彼此，兑现了最初的诺言，我们做到了最好。

当然，这里的最好只是相对的，我们清晰地意识到，需要走的路还很长，且需历经风雨。对此，我和程程以及卢鱼都做好了充分准备。

《不离》是程程的第二本书，在某种意义上，这对她而言比《双生》更重要。记得两年前，程程兴奋地告诉我，她的短篇集可能要出版了，让我写序，我很激动，挥笔一蹴而就，只是后来没了下文，虽然没有多问，但还是有些气馁。没想到今天，我竟然有这个能力出版她的短篇集，这真是一件很爽的事情。

当然要感谢我的搭档卢鱼啦，“草鱼二人组”可是很无敌的哦。还有杨葵老师，每当想到韩寒、安妮宝贝、张悦然第一本书的责编现在全力帮我们审稿，就觉得很兴奋。还有可敬的解玺璋老师，正是在他的力荐下，《不离》才得以被曹文轩教授、陈晓明教授、张颐武教授，以及王海女士认可——坦白说，我还真有点嫉妒呢，程程，你真是幸运且幸福的孩子！

目前进行的一切仿若一场梦，当然是美梦（小小地广告一下下，我的新书《很爱很爱你》本月底就要上市了哦!），程程，让我们一起把梦做完。相信你的草叔，我们都是最棒的！加油！

纸上偶像剧策划人 一草

一草博客：blog．sina．com．cn/jimotengtong

一草邮箱：jimotengtong@yahoo．com．cn

纸上偶像剧

最具生命力的原创青春图书厂牌

咳咳！“纸上偶像剧”呢，毫无疑问是我国目前最具生命力的原创青春图书厂牌啦！（得意＝3＝）呵呵，不过这可不是王婆卖瓜哦，想想一年前，“纸上偶像剧”刚创建时，说这话我们心里还直打鼓，不过现在我们可是绝对理直气壮（笃定）：《被风吹乱的夏天》销量近15万册，入选07年最畅销青春校园小说；《我是天使 你要幸福》被网友票选为“年度最感人爱情故事”，先后高价卖出电视、电影版权；最近推出的《双生》更是BH，上市两月销量过十万，成为08年第一季度最畅销的青春小说。

看到“纸上偶像剧”每本书都能这样畅销，**“草鱼二人组”**自然无比欣慰，尽管《不离》不属于“纸上偶像剧”系列，但同样凝聚了“草鱼”的心血，我们有绝对的信心，这本书同样可以得到读者朋友们的喜爱，因为对美好的追求，是我们每个人的心愿。

那些热爱“纸上偶像剧”的筒子们表着急（摸头），“草鱼二人组”在这里向你们小小地透露一下：最新一本“纸上”作品将于六月中旬与你们见面啦！（名字暂时保密哦，以免被JS看到了抄袭过去，话说《双生》刚上市，乱七八糟的跟风书就全出来了！）这部作品一定会让你感动悸动外加心动，而书的品质，也会保持“纸上”系列的一贯水准。总之，独此一家，别无分店。敬请期待（撒花 \(^O^)/）。

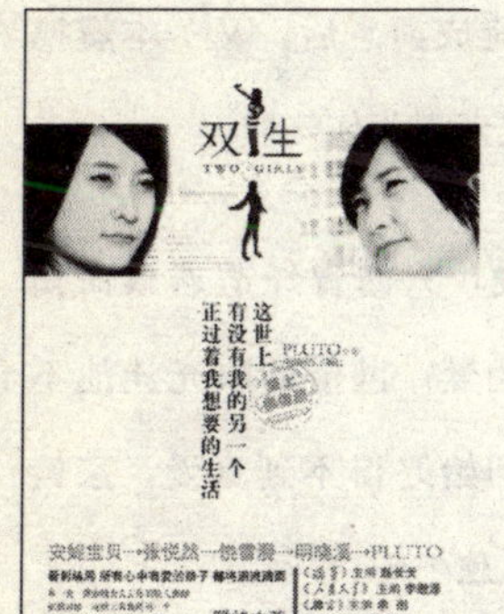

2008年第一季度全国最畅销青春校园小说，讲述了一个关于青春期女孩灵魂探索的故事——这世上，有没有我的另一个，正过着我想要的生活？

双生，两个女孩，两个故事，一个温暖，一个残忍。她们互相倾诉、互相依赖。最后却惊愕发现，一切竟然……关于友情、关于成长、关于背叛、关于遗忘。看到最后，所有心中有爱的孩子都将泪流满面。

《人民文学》主编李敬泽、《萌芽》主编赵长天、《格言》主编李彤、知名图书出版人杨葵等名家联袂推荐！青春文学十年里程碑。

我们等了五年等到郭敬明，我们等了十年才等到 PLUTO。

“好男儿”倾情主演，北影摄影系高材生操刀拍摄，随书附赠精美“影像纪”。